相槌

神田職人えにし譚

知野みさき

時代小説文庫

角川春樹事務所

目次

第一話　雪の果《は》て

四羽目の梟《ふくろう》を縫《ぬ》い上げて、咲《さき》は針を置いた。

一羽ずつ、大小の梟の刺繍《ししゅう》が入った二枚の半襟《はんえり》が二組、併《あわ》せて四枚の半襟を並べると、自然と笑みがこぼれた。

睦月《むつき》も九日――

十七日の雪《ゆき》と小太郎《こたろう》の祝言まで、あとほんの八日となった。

昨年の文月《ふづき》の藪入《やぶい》りでは、弟の太一《たいち》と菓子屋・五十嵐《いがらし》の桂《けい》が祝言を挙《あ》げた。その折に祝儀に添えて渡した半襟が好評で、妹の雪に同じ物をねだられていたのだ。雪の夫となる小太郎には源太郎《げんたろう》という兄が、源太郎には前々から言い交《か》わしていた槙《まき》という女性がいて、此度《こたび》は兄弟揃《そろ》って祝言を挙げる運びとなっている。源太郎夫婦にも同じ物をと、これも雪に頼まれて、仕事の合間に少しずつ縫ってきた。

まったく同じ物では太一夫婦に悪いとも言うので、意匠《いしょう》は同じでも此度の四枚は弟夫婦に贈《おく》った物とは鏡写しのごとく反対にして、雪たちには太一たちと同色の瑠璃紺《るりこん》で、源太郎夫婦の物は藍鼠色《あいねず》にした。

祝言を藪入りの翌日としたのは、十七日が大安だからだ。藪入りがある睦月と文月の朔日《さくじつ》は共に先勝ゆえに、十六日の藪入りは常に仏滅である。また、太一夫婦は太一の師匠の景三《けいぞう》や桂の実方《じつかた》の店の都合を踏《ふ》まえて藪入りに祝言を挙げたが、此度二組の祝言に出席するのは咲と太一と桂の他、源太郎の妻となる槙の勤《つと》め先の女将《おかみ》のみだ。槙の勤め先は馬喰町《ばくろちょう》だが、奇《く》しくも雪と同じく旅籠《はたご》で藪入りの方が忙しい。ならば藪入りは避《さ》け、翌日の大安吉日にしようということに相成った。

主席となる源太郎・小太郎兄弟には、両親含めて近い身内がいないらしい。長年の付き合いである源太郎と槙はともかく、小太郎と雪が早くも一緒になろうと決心したのは、きたる十五日をもって小太郎の御礼奉公を含めた年季が終わるからだ。源太郎と小太郎は大工《だいく》一家・村松《むらまつ》で仕事をしてきたが、源太郎はこの数年、棟梁《とうりょう》の村松と反《そ》りが合わぬことが増えてきた。ゆえに、小太郎の年季明けを機に、二人して村松から離れることにしたのである。

源太郎はかねてから、ゆくゆくは棟梁になるだろうと噂《うわさ》されている大工だが、それでも一家を構えるとなると一筋縄ではゆかぬようだ。金はそれなりに貯《た》め込んできたというものの、己が信頼に足《た》る大工を集めるまでにしばらく時を要するようで、その間は小太郎と日雇《ひやと》いも厭《いと》わぬ覚悟だという。

大工なら——殊《こと》に評判高い源太郎・小太郎兄弟ならば——食いっぱぐれることはまずないだろう。楨は嫁《よめ》入りを機に仕事を辞めるそうだが、雪は奉公先の立花《たちばな》の頼みもあって、当面は通いで仕事を続けることになっている。ただ、雪の新居となる永富町《ながとみちよう》から立花がある浅草《あさくさ》の三間町《さんげんちよう》までは半刻《はんとき》ほどかかるため、姉としては不安がなくもない。だが同時に姉ゆえに、大変な折だからこそ、好《す》いた男と苦労を共にしたいという雪の願いに寄り添いたくもある。

案ずるより産むが易《やす》し、ともいうしね……

くすりとして、咲は四枚の半襟を畳《たた》んで仕舞った。

「さて……」

道具をざっと片付けると梯子《はしご》を下りた。咲の家は二階建ての長屋で、咲は二階を丸々仕事場として使っている。

寝起きしている階下でしばし迷ったのち、桝田屋《ますだや》まで出かけることにする。

表へ出ると、井戸端《いどばた》にいた路《みち》が声をかけた。

「お咲さん、お出かけ？」

「ちょいと桝田屋までね」

「今日はもう出かけないのかと思ってたわ」

桝田屋は日本橋《にほんばし》の小間物屋《こまものや》で、咲はおよそ十日ごとに、朝のうちに品物を納めに行くことが多い。じきに八ツという時刻ゆえに、路はおやつの茶のために水を汲《く》みに出て来たようだ。

「思ったより早く仕事が終わったからさ」

「よかったわね。気を付けて行ってらっしゃい」

「行って来ます」

咲が応えると、路と一緒に背中におぶわれている賢吉《けんきち》が微笑《ほほえ》んだ。

賢吉は昨年卯月《うづき》に生まれた路の次男で、長男の勘吉《かんきち》は咲の隣りのおかみの福久《ふく》と、岸町《きしちょう》の育《いく》と子猫のみつのもとへ遊びに行っている。

賢吉に小さく手を振って、咲は木戸を出た。

通町《とおりちょう》まで出たところで八ツの鐘《かね》が鳴った。大通りを南へ折れると、鍋町《なべちょう》と乗物町《のりものちょう》を通り過ぎる。

十軒店《じっけんだな》を抜けた先にある茶屋・松葉屋《まつばや》ではつい修次《しゅうじ》の姿を探したが、店先の縁台には誰も座っていなかった。

――そんなら、お咲さん。この際、俺と一緒にならねぇか?――

錺師《かざりし》の修次から二度目の妻問《つまど》いを聞いたのは、七日前のことである。

――なんなら、俺がもらってやろうか？――

そう問うた一度目は冗談《じょうだん》としか思えなかったが、二度目は冗談めかした本気のようだった。

自惚《うぬぼ》れじゃあないと思うんだけど――

一つ年下の修次は大方の女が認めるだろう色男で、錺師としても名を馳《は》せている。その腕前は評判通りで、かつ作品は咲の好み、本人の人柄もこの一年余りで好ましく感じるようになってはいたが、咲は夫婦《めおと》の契《ちぎ》りに二の足を踏んでいた。

年明けて、咲は二十八歳になった。世間では行き遅れどころか、死別か離別を疑われそうな中年増《ちゅうどしま》である。

十歳で縫箔師《ぬいはくし》・弥四郎《やしろう》のもとへ奉公に出て、十二歳で見習いに、十三歳で弥四郎にとって初めての女弟子《でし》になった咲は、七年前、二十一歳で独《ひと》り立ちした。初めの数年こそ苦労したものの、今は途切れることなく仕事があり、得意先の桝田屋からは銘を入れてくれと言われるまでになった。

男を知らぬこともなく、修次に恋情がなくもないが、今更という思いが拭《ぬぐ》いきれない。

また、修次は得難《えがた》い職人仲間であるがゆえに、夫婦でなくとも男女の仲になることで、今の気安い仲らいが失われては惜《お》しい気がする。

石橋を叩いて渡るのも年の功――と己に言い聞かせるも、もう五年若かったらどうだったろう――と思い巡らせると苦笑が漏《も》れる。雪たちには「案ずるより産むが易し」と思ったのは、雪が咲より七つ年下の二十一歳、小太郎とてまだ二十三歳だからだ。

更に二町ほど歩いて越後屋《えちごや》が見えてきたところで、背中から声がかかった。

「さーきー!」

「縫箔師のさーきー!」

「おーい!」

「おーい!」

足を止めて振り向くと、咲と修次が神狐《しんこ》の化身《けしん》だと信じている双子が駆けて来る。

「そんなに大声で呼ばなくたっていいじゃないのさ」

「だって咲が行っちゃうから」と、向かって右のおそらくましろが言った。

「ずんずん一人で行っちゃうから」と、向かって左のおそらくしろも言った。

「咲はせっかち」

「せっかちだから足が速い」

そんなに早足だっただろうかと訝《いぶか》しむ咲へ、双子はくすくすしながら問うた。

「咲、どこ行くの？」

「これからどこ行くの？」

「桝田屋だよ」

「そんなら途中まで一緒に行こう」

「日本橋まで一緒に行こう」

「あんたたちも日本橋に用があんのかい？」

「ううん、おいらたちはあっち」

「あっち」

そう言って、しろとましろは二人して御城を指さした。

「えっ？　あっちってどっちだい？」

まさか、御城に行こうってんじゃないだろうね——？

慌てた咲を見て、双子はひそひそと咲には聞こえぬよう言葉を交《か》わした。

「あっちっていうのは御城の向こう」

「御堀を半分回ったところ」

お遣《つか》い先は秘密のようだが、城内ではないらしい。

しかし「御堀を半分回った」向こう側となると、日本橋からでも一里はゆうにある。

「今から行って、日暮れまでに戻って来られるのかい？」

神狐の化身なら日が暮れても案ずることはなかろうが、見目姿はまだ七、八歳の子供ゆえについ余計な問いが口をついた。

顔を見合わせてから、しろとましろは胸を張った。

「おいらたち、足が速いんだぞ」

「ほんとは速いんだぞ」

「せっかちの咲より、ずっと速い」

「せっかちじゃないけど、咲より速い」

「もう、せっかち、せっかち、うるさいね」

形ばかりむくれながら咲がわざと早足で歩き出すと、双子は先導するごとく咲を追い抜いて前を歩いた。

「ほら、速い」

「おいらたちの方が速い」

「まったく生意気なんだから。私だって負けちゃいないよ。――ほらっ！　ほらっ！」

小走りに追いかけて双子の影を続けざまに踏むと、しろとましろは振り向いて口々に言った。

「踏んだな！」

「よくも踏んだな！」

眉根《まゆね》を寄せたのも束《つか》の間《ま》で、二人はたっと咲の左右から後ろへ回り込む。

「えいっ！」

「えいっ！」

咲の影を踏むとそれぞれぐるりと円を描いて、再び咲の前に出る。

「ふふふ」

「ふふふふ」

得意げに忍び笑いを漏らした双子と影踏みしながら行くうちに、あっという間に日本橋の南の袂《たもと》へ着いた。

「じゃあな、咲」

「またな、咲」

「気を付けて行くんだよ」

念を押すと、それまでの笑顔はどこへやら、いつになく大真面目《おおまじめ》に双子は頷《うなず》いた。

「咲も」

「咲も気を付けてお帰りよ」

苦笑交《ま》じりに頷き返して、咲は御城の方へ向かう双子を見送った。


桝田屋の暖簾《のれん》をくぐると、女将の美弥《みや》が手を叩いた。

「まあ、噂をすれば影！」

「噂？」

「もちろんいい噂よ。こちらのお客さまが、ちょうどお咲さんの守り袋がないかと訪ねていらしたの。お客さま、こちらが縫箔師のお咲さんです」

咲より早くぺこりと頭を下げた男は、二十代半《なか》ばの若者だった。

細身で身綺麗《みぎれい》ではあるが、着物や草履《ぞうり》は至って並だ。巾着《きんちゃく》や煙草《タバコ》入れ、印籠《いんろう》といった提《さ》げ物はなく、奉公人でなければ職人だろうと咲は踏んだ。

「今日はこれ一つしかないんですが……」

そう言って巾着から取り出したのは、福寿草《ふくじゆそう》を意匠にした守り袋だ。

師走《しわす》は人形屋・月白堂《つきしろどう》から頼まれた人形の着物に加えて、修次の財布、雪と小太郎への祝いの着物を縫うのに忙しかった。桝田屋に納める守り袋は年が明けてからとりかかったが、雪たちへの半襟を先に仕上げてしまいたかったため、一つしか作れなかった。

「時機を逃してしまいましたが、お正月に見た花が愛らしかったので」

言い訳がましく付け足したのは、福寿草は別名を元日草《がんじつそう》といい、正月を祝う花として知られているからだ。

「いいえ、福寿草ならぴったりです。これからもまだしばらく咲きますし、何より噂に違《たが》わぬ素晴らしい品物です。ついでがあったので、どんなものかと思って寄ってみたんですが、そうしてよかった。こんな巡り合わせがあるなんて……」

「お気に召していただけたようで、何よりです」と、美弥。「本当にすごい巡り合わせですこと。先ほども申しましたけれど、お咲さんは十日にいらっしゃることが多いんですよ。それから守り袋は近頃もっぱら干支《えと》の意匠なので、こういった物をお求めでしたら注文になったかと」

確かに、初めはまた猿《さる》か鶏《とり》——申年か酉年に生まれて、今年六歳か七歳になった子供のための——守り袋を作ろうとしていた。だが、干支ばかりでは職人として面白くないと、此度はふと目にした福寿草を意匠にしたのだ。

二人から「巡り合わせ」という言葉を聞いて、咲は思わず先ほど顔を合わせたしろとましろを思い出した。

双子が稲荷《いなり》神社の神狐の化身なら、「奉公人」だという二人の「奉公先」は稲荷大明神で、「お遣い」は「縁結び」ではなかろうかと咲は推察している。

「あの……それでこの守り袋はいかほどでしょうか?」

「一朱《いっしゅ》です」

「一朱?」

「注文なら、もう百文《もん》ほどいただくところでしたのよ」

そう言って美弥は微笑んだが、若者の驚き顔は判《わか》らぬでもない。

桝田屋には、目利《めき》きの美弥と夫の志郎《しろう》の御眼鏡《おめがね》に適《かな》った選《え》りすぐりの小間物しか置いていない。値は総じて高いが、それでも売れるのは日本橋という土地柄と、他では見ない逸物《いちもつ》ばかりだからだろう。

咲の二階建て長屋の家賃《やちん》は月に一分《いちぶ》だ。一朱は一分の四分の一だから、咲の目からしても高値だが、瑞香堂《ずいこうどう》に卸《おろ》している一寸半ほどの匂い袋も、入れる香木によっては一朱を超えることがある。守り袋は三寸ほどと大きく、財布代わりになる上に、刺繍は「逸物」だという自負もある。己の手間暇《てまひま》と桝田屋の取り分を考えれば、一朱という値は妥《だ》当《とう》であった。

若者の迷いを見て取ったのか、志郎が相手をしていた中年の男が口を挟んだ。

「そちらさんが手が出ないようなら、私が買うよ。孫が喜びそうだ」

「あ、いや、これは私が。ただ、今ちょっと持ち合わせがないので……」

尻《しり》すぼみになった若者を中年男が皮肉った。

「桝田屋に来るのに、一朱も持ち合わせがないとはねぇ。どうせ女への贈り物だろうが、身の丈《たけ》に合わない買い物はよした方がいい。私なら一朱に併せて心付《こころづけ》を百文出そう。どうだい、女将さん、志郎さん――お咲さんとやらも？」

中年男は桝田屋の得意客らしい。物言いに加え、羽織《はおり》や雪駄《せった》、手にしている西陣織《にしじんおり》と思《おぼ》しき巾着からして、男にとっては一朱や二朱は大した金ではないと思われた。

心付に百文も上乗せしてもらえるのは嬉《うれ》しいが、職人としては初めから己の守り袋を所望《しょもう》して、わざわざ足を運んでくれた若者に渡したい。

美弥が中年男へにっこり微笑んだ。

「お申し出はありがたいのですが、こちらのお客さまとのお話が途中ですので……お客さま、いかがなさいますか？　手付をいただければ、しばらくお取り置きいたします」

「お、お願いいたします。残りは明日、必ず持って来ますので」

若者は懐《ふところ》から財布を取り出したが、四文銭《しもんせん》と一文銭を合わせても百二十文余りしか入っていなかった。

中年男は鼻で笑ったが、美弥は丁寧《ていねい》に百文のみを受け取った。

「では、請取状《うけとりじょう》を書きますので、お名前を教えていただけますか？」

「小泉町《こいずみちょう》の——神田《かんだ》の玉池《たまいけ》稲荷の近くの——参太郎《さんたろう》といいます。あ、ええと、治兵衛《じへえ》長屋というところに住んでおります」

長屋と聞いて再び鼻を鳴らした中年男は、美弥が請取状を書く前に、二分もの印籠を買って帰って行った。

所在なく請取状を待つ参太郎へ、咲は話しかけた。

「守り袋のこと、どこで耳にしたんですか？」

「松枝町《まつえだちょう》にある柳川《やながわ》という蕎麦屋《そばや》で、です」

「まあ、私も柳川にはよく行くんですよ」

「そうお聞きしました。それで、お名前や女の方だということも柳川から聞いて知っていたんですが、こんな……その、私と変わらぬお歳《とし》とは思わず驚きました」

変わらぬといっても、参太郎がよほどの童顔でない限り、己の方が数年——下手《へた》したら五年ほど——年上だと思われる。

「お咲さんは、どちらで修業されたんですか？」

「連雀町《れんじゃくちょう》の弥四郎親方のもとにいました。独り立ちしてもう七年ほどになりますが」

「七年……そりゃすごい。とすると、私よりずっと若くして独り立ちされたんですね。

これだけの才があるのだから、あたり前か」

　やや砕《くだ》けた相槌《あいづち》を打って、参太郎は微笑んだ。

「私は仕立屋なんですが、一人で仕事を始めてまだほんの二年ほどでして……どうしてなかなか難しいものですね」

「そりゃ仕方ないですよ」と、咲もやや砕けた口調で頷いた。「私も初めの数年は鳴かず飛ばずだったもの。今でもまあ売れっ子とは言い難いけど、人並みに暮らせているんだからよしとしています」

「人並みか……私のような者にはやはり、身の丈に合わない買い物なんでしょうね。その、相すみませんが、百文もの心付は私にはとても……」

「あんな御仁の言ったことなんか忘れてください。心付なんていいんです。私が好きに作ったものを気に入ってくだすったんですから。それだけで充分ですよ」

　柳川で聞いたということは、長屋へ直《じか》に注文に来ることもできた筈《はず》だ。守り袋は桝田屋にしか卸さぬ約束をしたから、訪ねて来ても断っただろうが、参太郎がまっすぐ桝田屋へやって来たのはおそらく、「職人」の苦労を知っているからだろう。

　今でこそ桝田屋や瑞香堂といった得意先ができ、途切れずに注文がある。だが独り立ちしたばかりの頃は、日々の暮らしを賄《まかな》うために、二束三文《にそく》の繕《つくろ》いものを請《う》け負《お》ったり、意に染まぬ値引きをしたりしたものだ。

「好きに作る——か。いいですね。私には意匠を一から考えるような才はありませんが、たとえば越後屋さんで、どの反物《たんもの》でも使っていいと言われたら心躍《おど》ります」

「あはは、そりゃ仕立屋じゃなくたって心躍りますよ」

「ははは、そうか。そうですよね」

参太郎が照れた笑いを漏らしたところへ、美弥が乾かした請取状を持って来た。

「こちらは割符《わりふ》の代わりでもありますから、残りの代金と一緒に忘れずに持って来てくださいね」

「はい。では、明日また参りますので」

丁寧に再びぺこりと頭を下げて、参太郎は暖簾の向こうへ消えた。

翌日は落ち着かぬ一日となった。

麴町《こうじまち》で出火して、永田馬場《ながたばば》やら虎之御門《とらのごもん》外やらが焼けたというのだ。

麴町といえば、しろとましろが指さしていた「御城の向こう」である。

去り際にいつになく真剣な面持《おもも》ちをしていたのは、火事を予見してのことだったのだろうか。また京橋《きょうばし》から日本橋まで火事が広がりはしないかと、咲のみならず、長屋の皆が浮足立っていた。

七ツを半刻ほど過ぎて、修次が長屋へやって来た。

「聞いただけだが、山城河岸《やましろがし》から東は無事らしい。こっちまで火がくる心配はなさそうだとよ」

修次は咲よりたくさん日本橋界隈《かいわい》に得意先がある。やはりずっと辺《あた》りを案じていたようで、わざわざ知らせに来てくれたらしい。

双子の話をするべく、咲は修次を柳原《やなぎわら》に誘った。

しろとましろの依代《よりしろ》がある——と咲たちが信じている——和泉橋《いずみばし》の近くの稲荷神社を訪ねるも、今日は双子の姿は見当たらない。

「まあ、あの二人なら稲荷大明神さまがついてるから、案じることたねぇだろう」

口ではそう言いながらも、修次もどこか浮かない顔をしている。

いつものように、神狐の足元に四文ずつ置いて神社を後にすると、咲たちはその足で蕎麦屋・柳川へ向かった。

夕餉《ゆうげ》にはまだ早い時刻だからか、はたまた皆、火事を案じて家にいるからか、柳川は空《す》いていた。

花番《はなばん》――蕎麦屋の給仕――はつるといい、店主の清蔵《せいぞう》の娘にして、清蔵の孫・孝太《こうた》の実の母親だ。一度は親子の縁を切られたつるは本名をゆうというのだが、母親と名乗らぬという約束のもと、店で働くことを許された。ただし、孝太はつるが母親であることに、清蔵もつると孝太が母子の絆《きずな》を取り戻したことにとっくに気付いている。

柳川では以前は孝太が花番を務めていたが、つるが戻って来たことを機に板場に入るようになり、いまや蕎麦打ちも堂に入ってきた。

修次とそれぞれ信太《しのだ》を頼むと、咲はつるに問うた。

「昨日、参太郎さんってお人と桝田屋で会いましたよ。ちょうど持って行った守り袋を気に入って、すぐにお買い上げくださいました」

「まあ、それならよかった。お咲さんはお忙しいから、注文を受けてもらえたとしても、すぐには手に入らないんじゃないかって、孝太さんと案じていたんです」

ちらりと板場の孝太を見やってから、つるは続けた。

「お朔《さく》ちゃんが孝太さんの守り袋をいたく気に入っているものだから、餞《はなむけ》に一つ買ってあげたいと思ったそうなんです。あ、お朔ちゃんというのは参太郎さんの妹さんで、今度奉公に出るんです。孝太さんとは指南所の筆子《ふでこ》同士でして」

「そうだったんですか」

女への贈り物には違いないが、妹だと知って咲は顔をほころばせた。

「妹さんの名前は朔日の朔ですね？　それなら、あの守り袋をああも気に入ってくださったことに合点《がてん》がいきます」

というのも、福寿草には元日草の他に「朔日草《さくじつそう》」という別名があるからだ。また福寿草は「幸福」と「長寿」をかけ合わせた名で、正月のみならず、新年や事始め、新たな旅立ちを言祝《ことほ》ぐ縁起の良い花であった。

咲の守り袋の意匠が福寿草だったと知って、つるも微笑んだ。

「参太郎さんのお母さんは産後の肥立《ひだ》ちが悪くて、お朔ちゃんを産んだ後、一月《ひとつき》ほどで亡くなったそうです。お父さんも二年ほど前に病でお亡くなりになって……それから参太郎さんが一人で弟さんと妹さんを養《やしな》ってきたんですよ」

「ああ、では、お父さんが仕立屋だったんですか？」

「ええ。ずっと見習い扱いだったのに、急に大黒柱になって困ったと言ってました」

なんだか己と似ている身の上に、咲は同情を覚えて目を落とした。

そんな咲の横から修次も問うた。

「参太郎ってこた三男だろう？　兄貴たちはどうしたんだい？」

「お兄さんたちは二人とも早くに――参太郎さんが生まれる前に亡くなったそうです」

「そうかい……」

　修次も声を沈ませたが、幼子《おさなご》の――殊に「神のうち」といわれる七つまでの――死は珍しくない。幼子でなくとも、病に怪我《けが》、火事などの死者はけして少なくなく、修次は既に二親に加えて兄も亡くしていて、他に親しい身内もいないらしい。

　参太郎の妹の朔は、十二歳になったばかりだという。弟の善郎《よしろう》は朔より四つ年上で、参太郎と共に父親の仕事を手伝ってきたが、昨年、食い扶持《ぶち》を減らすために奉公に出ることにしたそうである。

「お朔ちゃんも、お兄さんを助けようと思って奉公に出ようとしたそうだけど、まだ早いと参太郎さんに止められたとか」

　その昔、咲に奉公の話を持って来た大家へ、母親の晴《はる》は眉をひそめた。

　――いくらなんでも、まだ早いんじゃ……？――

　世間では十一、二歳で奉公に出る者がほとんどだ。よって、十歳だった咲には「まだ早かった」に違いないが、母親一人の内職で子供を三人も養うのは難しい。幼いながらもそのことを理解していた咲は、晴がのちに下した決断に一も二もなく頷いた。

　善郎や朔の気持ちばかりか、参太郎の――晴の――気持ちもよく判る。咲が奉公に出た四年後に晴が亡くなり、同年太一も十歳で、手元に引き取った雪も三年後にやはり十歳で奉公に出ていた。

あの時分に私に一人前の稼《かせ》ぎがあったら、今少し大きくなるまで二人を手放すことはなかっただろう——

晴が亡くなった時のことを思い出したが、しみじみする代わりに咲は笑ってみせた。

「今からそんなに案じていたんじゃ、お嫁にいく時はどうなることやら」

「ふっ」と、修次も微笑んだ。「十二歳なら、孝太とお似合いじゃねぇか。案外気に入ったのは、守り袋じゃなくて孝太かもな」

孝太は十四歳で、朔より二つ年上だ。生まれながらに耳が悪く、蕎麦屋の手伝いを担《にな》っていたこともあり、昨年まで手習い指南所に通ったことがなかった。

と、つるがさっと人差し指を立てて唇《くちびる》の前にやった。

耳の悪い孝太には聞こえなかったに違いないが、どうやら修次の推察は当たらずとも遠からずらしい。

お朔ちゃんが孝太に気があるのか。

孝太がお朔ちゃんにほの字なのか。

それとも、もしや二人はもう相思なのか……？

思わず修次と顔を見合わせると、どちらからともなくくすりとした。

火事から三日が経《た》った。

火事の前から風邪《かぜ》気味で、とうとう寝込んでしまった隣人の福久のために、咲は昼前に生姜《しょうが》を買いに出た。ついでに水菓子も買って来ようと、久右衛門町《きゅうえもんちょう》にある八百屋《やおや》・八百久《おきゅう》へと足を向ける。

折しもここ数日、寒さが戻っていた。冷え込みに加えて、火事への心労が祟《たた》ったのやもしれない。そうでなくとも福久の五十五歳という歳を考えれば、小さなことでも用心に越したことはないと咲は案じた。

母親の晴が風邪をこじらせて亡くなっているから、尚更《なおさら》だ。

勘吉と福久が可愛《かわい》がっている子猫のみつは、八百久の飼い猫・すずから生まれた。みつが縁で顔見知りとなったおかみのひろと挨拶《あいさつ》を交わし、咲は店先の商品を眺めた。

間口二間《にけん》の八百久は、野菜の他、水菓子が充実している。まずは喉《のど》の痛みや咳《せき》によい金柑《きんかん》を、それからしばし悩んで橙《だいだい》も買うことにした。正月の注連縄飾《しめなわかざ》りや鏡餅《かがみもち》に使われる橙は、その呼び名が「代々」に通じることから長寿や繁栄を願う縁起物だ。

「あ、そうそう。生姜もお願いします。そもそも生姜を買いに来たんですよ」

てくれた。

うっかり忘れそうになって慌てて付け足すと、ひろが笑いながら金柑を一粒おまけしてくれた。

八百久で昼九ツの鐘を聞いた咲は、戻り道中で柳川に寄ることにした。

柳川まであと半町ほどまで近付くと、店先から少し離れたところに孝太が見えた。

何やら少女と話し込んでいる。

もしや噂の朔ではなかろうか、ならば声がけは遠慮《えんりょ》しようと咲がそろそろ歩んで行くと、ふいに孝太が振り向いた。

「あ……お咲さん」

「今、帰りかい？」

咲の口元を見て、孝太は頷いた。

「はい。あ、こっちはお朔ちゃんです。同じ指南所に通ってるんです。お朔ちゃん、この人は――この人がお咲さんだよ」

「あ、あの、朔といいます」

慌てて名乗った朔の目がじわりと潤《うる》んだ。

「ご、ごめんなさい！」

「どうしたんだい？」

急に謝られて咲も慌てた。

「わ、私……あの守り袋、落としちゃって……」

参太郎には麴町や虎之御門外に父親の代からの得意先があるそうで、得意先の様子見や手伝いで火事の翌日から毎日出かけているという。

昨日も夜明けと共に出かけた参太郎に、朔は呉服町《ごふくちょう》までの届け物を頼まれた。

「それで昼過ぎに——指南所が終わってから呉服町に行ったんですが、帰りに、紺屋町《こんやちょう》まで来て、守り袋が失《な》くなってるのに気付いたんです……」

通った道を行きつ戻りつして、朔は夕刻まで守り袋を探した。得意先のことで手が一杯の参太郎にはまだ何も告《つ》げておらず、今日もまたこれから探しにゆくそうである。

「それで、おれも助太刀《すけだち》したいんだけど、おれは耳が悪いから、かえって足手まといになっちゃうだろうから、おつるさんに頼んでみようかって話してたんです」

「そうだったのかい」

孝太が言うのへ頷いてから、咲は申し出た。

「そんなら、私が一緒に行こうか?」

「お咲さんが?」

「私なら自由が利《き》くし、下描きがあるから訊《たず》ね歩きもわけないさ。ああでも、先に腹ごしらえをさしとくれ。お朔ちゃんも一緒にどうだい？」

「私は、家に握り飯があるから……」

そう言って蕎麦は遠慮した朔と、咲は柳川を出たのちに玉池稲荷で落ち合った。

一旦平永町《ひらながちょう》の己の長屋へ戻ると、勘吉が気付いて表へ出て来た。

「おさきさん、おきゃくさん？」

「うん」

「朔っていいます」

咲が紹介するより先に、腰を折って朔が名乗った。

「……おいらはかんきちです」

五歳の勘吉より朔の方が七つも年上だが、滅多《めった》に見ない女客で、雪や美弥よりずっと若いからか、勘吉は何やらもじもじしながら応えた。

勘吉の様子に頬《ほお》を緩《ゆる》めて、咲は休んでいる福久の代わりに二軒隣りのおかみのしまに生姜と水菓子を託した。それから守り袋の下描きを懐に、矢立《やたて》を巾着に入れると再び表へ出る。

「さ、行こうかね」

勘吉の相手をしていた朔へ声をかけると、勘吉が目を輝かせた。

「どこへいくの？　おいらもいっていい？」

「ううん、これはお仕事だからね」

「おしごとか……」

打って変わって眉尻を下げた勘吉は、日頃から路に「お仕事の邪魔はいけません」と躾《しつ》けられている。

福久の調子が悪いがゆえに、今日もみつのところへ出かけられず、勘吉は退屈しているようだ。

「栄太《えいた》たちのところへ行っちゃどうだい？」

栄太と勇太《ゆうた》は、通りを挟んだ向かいの長屋に住む年子の兄弟だ。それぞれ勘吉より一つ二つ年上なだけと歳が近いことから、よく一緒に遊んでいる。

「それが、二人ともなんだか風邪を引いたみたいなの」

戸口から顔を出して路が応えた。

「勘吉、おうちへ入りなさい。一緒にお昼寝しましょ」

「おいら、ねむくないもん」

「眠くなくても、寒いから入りなさい」

「おいら、さむくないもん」

「寒くなくても、うるさいから入りなさい」

「おいら、うるさくないもん！」

声を高くしたのち、勘吉ははっとして両手を口へやった。

じぃっと母親に見つめられ、うなだれてから咲たちを見上げる。

「おさきさん、おさくさん、いってらっしゃい……」

「うん、行って来るよ」

「行って来ます」

勘吉が渋々《しぶしぶ》家の中へ戻って行くのを見送ってから、咲たちは忍び笑いを漏らしつつ木戸へ向かった。


しばし明るさを見せた朔の顔は、通町へ出ると再び曇《くも》った。

御成《おなり》街道へ続く大通りは常から賑《にぎ》わっているが、火事の余波でいつにも増して人出が多い。そして、行き交う者のほとんどが早足で厳しい顔をしている。

大工や左官、畳屋など家造りにかかわる者たちや、呉服屋や布団屋《ふとんや》、桶屋《おけや》、指物師《さしものし》など暮らしに欠《か》かせぬ物を作る者たち、貸し物屋、質屋、古着屋など当座の暮らしを賄う者たちはしばらくてんてこまいだろう。

咲や修次が作る物はいわば贅沢品《ぜいたくひん》だから、こういった折に仕事が増えることはない。むしろ焼け出された者や彼らを支える者たちは、暮らしが落ち着くまで贅沢を控《ひか》えそうである。

朔から昨日は松枝町から鍋町に出たと聞いて、咲たちはまずは鍋町の番屋を訪ねた。朔は昨日もいくつかの番屋を訪ねたそうである。だが人通りが増えた分、揉《も》め事や迷子も増えている今、どこの番人にもなおざりか、冷たくあしらわれたらしい。

鍋町の番人は朔を覚えていたようで、朔が近寄っただけで首を振った。

「守り袋なんざ届いてねぇよ」

「じゃあせめて、これを見てくれませんか?」

懐から守り袋の下描きを取り出して、咲は言った。

「こういう福寿草の刺繍が入った守り袋なんです。江戸に――いや、この世に二つとない物で、隅《すみ》に『咲』って銘が縫ってあります。この子のお兄さんが、今度奉公に出るこの子の仕合わせを願って買った物なんですよ。だから、もしも見つかったら必ず知らせてくださいな。私は平永町の藤次郎《とうじろう》長屋の縫箔師で、咲っていいます」

「縫箔師のお咲さん……? じゃあ、この守り袋はあんたが縫ったのかい?」

下描きを指さした番人に、咲は頷いた。

「そうなんです。どうか――どうかお願いいたします」

咲が深く腰を折ると、朔も一緒になって頭を下げた。

顔を上げてから、朔が問うた。

「お咲さん、どうして私が奉公に出ることを知ってるの？」

「火事があった日に、おつるさんに聞いたんだよ。その前の日にあの守り袋を日本橋の小間物屋に持ってってたら、ちょうどお兄さんの参太郎さんと顔を合わせてさ。福寿草ならぴったりだってんで、すぐに買ってってくだすった」

みるみる溢《あふ》れた涙を朔は袖で拭った。

「私が莫迦《ばか》だったんです。懐に入れとけばよかったのに、あんまり綺麗だったから、みんなに見せびらかしたくて……それでもちゃんと帯に縛《しば》っておけばよかったのに、いつもの根付《ねつけ》で提げただけだったから……」

「お朔ちゃん――」

「お兄ちゃんは大したことないって言ってたけど、あれ、ほんとはとっても高い物なんでしょう？　日本橋で売ってるくらいだもの。だから、もしかしたら掏《す》られちゃったのかもしれない。そんな立派《りっぱ》な刺繡が入った物なら、掏られて、どこかに売り飛ばされちやったんじゃないかって……」

「お、俺はそんなこた言ってねぇよ」

番人は慌てたが、昨日誰かに言われたことなのだろう。

掏摸《すり》かもしれないと、咲も考えていた。祭りのごとき人出に加えて、皆気もそぞろに歩いているのだから、掏摸には絶好の稼ぎ時だ。火事場泥棒《かじばどろぼう》には火消しや町の者が目を光らせているものの、その分、他の場所には目が届いていないように思われる。

「まあ、そういったこともなくはないだろうけど、なんだかんだ、世の中捨てたもんじゃないからさ。まずはお遣い先までの道のりを、虱潰《しらみ》しに探してみようよ」

朔を促《うなが》して、咲は番屋の他、表店の店者にも何人か訊ねつつ、朔が昨日歩いた道のりをたどった。

下描きを片手に同じ台詞《せりふ》を繰り返しながら、咲は昔、やはりこうして守り袋を探したことを思い出していた。

あれは、雪が立花へ奉公へいく前の冬だったね……

咲が十六歳、雪が九歳の時である。

雪の守り袋は母親の晴の手作りで、かつては深緋《こきひ》、今は褪《あ》せて水柿《みずがき》色になった袋に白い千鳥《ちどり》の刺繡が縫い取られている。刺繡は今の咲が施《ほどこ》すものより稚拙《ちせつ》ではあるが、素人《しろうと》にしては凝《こ》った縫い方だ。咲も同じ物を持っているが、まったく同じではなく、並べて見ると縫い目の違いが判る。

守り袋を失くしてしまったと泣きながら帰って来た雪をなだめ、一緒に指南所への道のりや遊び場、番屋などを探して回った。結句見つからず、疲れた雪が眠り込んだのち、咲はこっそり親方の弥四郎のもとへ行った。

雪の守り袋に入っていた、迷子札を書き直してもらうためである。

幸い、と言っていいものか、雪の迷子札は咲が雪を手元に引き取った折に、附木《つけぎ》を切ったものに弥四郎に新しく書いてもらっていた。台所で似たような厚さの附木を探し、弥四郎に頼んで同じくらいの大きさに切ってもらった。墨《すみ》が乾いた後は、札を少し砂でこすって、真新しさを誤魔化《ごまか》すために「細工」した。

己の守り袋に新たな迷子札を入れ、翌日、指南所から帰って来た雪に差し出した。

――親切なお人が、ちゃあんと届けてくれたよ――

雪は顔をくしゃくしゃにして喜び、咲も内心安堵《あんど》の溜息《ためいき》を漏らしたものだが――

数日後、己がついた嘘《うそ》がまことゝとなって、雪の守り袋が届けられた。雪が落とした当日に拾ったそうだが、そののちしばし風邪に臥《ふ》せっていて遅くなったというのだ。その夜、雪が眠ったのちに咲は守り袋を「本物」とすり替えた。

あの子ったら、まだあの守り袋を持ち歩いてんだから……

勘吉と守り袋を見せ合っていた雪を思い出すと、つい笑みがこぼれそうになる。だが、己の隣りをうつむいて歩いている朔を慮《おもんぱか》って咲は口元を引き締めた。

「もしかしたら、今頃おうちに届いているかもしれないよ。迷子札には町と長屋の名前が書いてあるんだろう？」

「……迷子札は入ってないんです。私はもう十二だから迷子になんかならないと思って、あの守り袋をもらった時に出しちゃったんです。だから失くしたのは……袋とお小遣いの十二文だけ……お小遣いはどうでもいいけれど、守り袋はお兄ちゃんが……」

再び潤んだ目へ、朔はさっと袖をやった。

日本橋を渡って呉服町の遣い先まで行くもなんの手がかりもなく、咲たちはすぐに道を折り返した。寄り道しながら来たために、八ツはとうに過ぎている。朔は帰りは大通りを行くより早いと判じて、日本橋の北の袂を東へ折れて、魚河岸から本船町《ほんふなちょう》の角を北へ曲がって神田まで帰ったという。

本船町を歩く間に七ツの鐘を聞いた。本船町から伊勢町《いせちょう》、大横町《おおよこちょう》へと歩きながら、行きと同じように番屋や表店で訊《き》き込んだものの、守り袋は見つからない。

地蔵橋《じぞうばし》を渡って紺屋町に差しかかると、再び通町の番屋を訪ねてみるという朔を咲は説《と》き伏せた。

「六ツまでもう半刻もないよ。お兄さんが帰って来た時お朔ちゃんがいなかったら、余計な心配をかけちまうよ」

「でも……」

「安心おし。二、三日待って見つからなかったら、私がもう一つ、そっくり同じやつを縫ったげる。奉公にいくまでには間に合わないだろうけど」

見上げた朔の目に微かに安堵の色が差した。

「お願いします！」と、朔は額《ひたい》を膝にくっつけんばかりに身体《からだ》を折った。「お代は必ず払いますから。奉公先の女将さんのお話では、時々心付をもらえるそうです。すぐには難しいと思うけれど、ちょっとずつでも必ずお返ししますから」

代金をもらおうとは考えていなかった。どことなく——今更ながら——雪の守り袋を届けてくれた人への恩返しのつもりになっていたのだ。届けた方も礼を期待してのことではなかっただろうが、あの頃の己は年季半ばで自由になる金がほとんどなく、朔のように言葉やお辞儀で礼を伝えるだけで精一杯だった。

朔が守り袋の値段を気にして、すぐさま「お代」を口にしたのは、職人である兄の苦労を間近で見てきたからだろう。真剣な朔の顔に、同じ年頃だった——弥四郎宅で遠慮がちにひっそり暮らしていた——雪の顔が重なって、咲の胸を締め付けた。

「うん、じゃあまあ、年季が明けるまでに返してくれりゃあいいからさ」

それまでに忘れちまってもいいんだよ——

「だから、あんまり心配しないで、今夜はゆっくりお休みよ。そうだ。私はついでに玉池稲荷にお参りして行こうかね」

にっこりとして朔を家路へ促すと、朔も玉池稲荷まで一緒について来た。

守り袋が見つかるよう祈って鳥居を出ると、参太郎とばったり鉢合《はちあ》わせた。

「朔？　どうしてお咲さんと……？」

「あら、こうなったら仕方ないね」

そっと朔の肩に触れて、咲は微笑んだ。

「守り袋の刺繍がね、ちょいとほつれちゃったんですよ。お朔ちゃんは昨日、参太郎さんのお遣いで、呉服町まで行ったんですってね。今はいつにも増して人が多いから、道中で何かに引っかけちゃったみたいでね。お兄ちゃんに内緒でなんとかならないかって、私のところへ相談に来たんです」

「そうでしたか……ああ、それで朔は昨日から浮かない顔をしてたのか」

「そ、そうなの」

「幸いほつれは大したことないんですが、しばらく仕事が立て込んでいましてね。できるだけ早く直しますけど、十七日には間に合わないかもしれません。すみませんね」

「とんでもない。あの」

「ああ、お代はご心配なく。お朔ちゃんのお小遣いからちゃんといただきましたから」

「えっ、でもそれじゃあ足りないでしょう」

「いいんです、いいんです。じゃあ、私はもう行きますね。お朔ちゃんを送りがてら、久しぶりに玉池稲荷にお参りしようと思って出て来ただけですから」

参太郎を社《やしろ》の方へ促しつつ朔と見交わして、咲は玉池稲荷を後にした。


長屋へ帰るべく西へ歩き始めたが、すぐに思い直して北へ折れた。

こんな時こそ神頼みだと、咲は柳原のしろとましろの神社へ向かった。

五尺二寸の咲でもかがまねばならない小さな鳥居をくぐって、玉池稲荷でそうしたように、朔の守り袋が見つかるよう祈る。

それからいつものように胸の内で、「みんなが達者《たっしゃ》で暮らせますように」と一言付け足した。

と、小さな足音がして咲は振り向いた。

柳の合間の小道をしろとましろがやって来る。

だが、いつもと違って、その足取りは何やら重い。

「咲だ」

「咲、どうしたの？」

「どうしたも何も、お参りだよ。あんたたちこそ、どうしたのさ？」

双子は見慣れた紺色の袷《あわせ》に濃紺の綿入れを着ているが、袖や裾《すそ》、足元が大分汚れている上、煤《すす》けた臭いがする。

「まさかあんたたち、焼け跡に行ったんじゃないだろうね？　あんたたちみたいなのがうろちょろしてちゃ危ないし、邪魔じゃないの」

何よりまだ生々しい焼け跡は、咲のような大人にもつらい光景ばかりに違いない。

じわりと二人の目に涙が滲《にじ》んだ。

「だって、お遣いが」

「あっちでお遣いだったんだ」

同じくらいの背丈《せたけ》になるようにかがんで、咲は双子を労《ねぎら》った。

「そりゃ大変だったね……お遣いはあの日だけじゃなかったんだね」

二人と出会ったのは九日で火事の前日だったから、まさか二人がいまだ「御城の向こう」の「お遣い」をしているとは思わなかった。

「それで、お遣いはもう終えたのかい？　ちゃんとお遣いできたのかい？」

こくりと揃って頷いたものの、新たに滲んだ涙を双子はそれぞれ手で拭った。

「お遣いはちゃんとできたけど、迷子がたくさんいた」

「迷子を探してる大人も、大人の迷子も」

「猫も、犬も」

「鳥も」

「だから、お遣いじゃないけどお手伝いした」

「おいらたち、たくさんお手伝いした」

「でも、お遣いじゃないから、うまくできないこともあった」

「おいらたちじゃお手伝いできないこと、見通せないことがあった」

「悲しいこと」

「苦しいこと」

「恐ろしいこと」

「悔しいこと」

「おいらたち、まだ小さいから」

「小さくて弱いから、どうしようもないことがいっぱいあった……」

——だって、おいらたちなんにもできないんだ——

——人の生き死にはどうしようもないんだよ——

櫛師《くしし》・徳永《とくえい》の老妻が亡くなった時、しろとましろはそう言って涙をこらえた。広げた両腕をそっと二人の背中に回すと、しろとましろも互いの背中と咲の背中に両手を回した。

それから二人して、咲の肩に顔を埋《うず》めて嗚咽《おえつ》を漏らした。

「でもさ、あんたたちのおかげで、迷子にならずに済んだ子が何人もいただろう」

ぎゅっと二人を同時に抱きしめると、しろとましろもその細腕に力を込める。

「子供だけじゃない。大人も猫も、犬も、鳥も……あんたたちは、あんたたちにできることをした。それだけでいいんだよ。それだけだって、大したことなんだから……」

もらい泣きをこらえながら二人を慰《なぐさ》めていると、今度は修次がやって来た。

「しゅ、修次だ」

「修次が来た」

咲の陰に隠れて、しろとましろは修次に見えぬよう急いで涙を拭った。

修次は困り顔に笑みを浮かべて、いつもより穏やかな声で言った。

「よう、お咲さん、しろとましろ」

「なんだよぅ、修次」

「なんなんだよぅ」

「ただのお参りさ」

泣き顔を誤魔化すように、しろとましろは修次を見上げて一転ふんぞり返った。

「おいらたちもお参りだい！」

「ただのお参りだい！」

「そうかい、そうかい」

からかい口調でにっこりすると、修次は身体を折って鳥居をくぐった。

社の前で手を合わせるもほんの束の間で、懐から財布を取り出してつぶやいた。

「おっと、賽銭《さいせん》を忘れるとこだった」

賽銭箱に一文銭を落としたのち、四文銭を二枚取り出す。いつものように、神狐の足元に四文銭を置きながら、修次は今日はそれぞれの頭と背中をそっと撫《な》でた。

「なんだよぅ」

「何してんだよぅ」

「うん？　だってほら、大火事の後だからきっと神頼みが増えて、お遣い狐《ぎつね》さまたちも大変だろうと思ってよ」

再びにっこりした修次へ、しろとましろは顔を見合わせてからもじもじとした。

「そ、そうだなぁ。お遣い狐さまたちも大変だろうなぁ」

「お遣いが増えて、きっと忙しいんだろうなぁ」

「そうさ、みんなきっとてんてこまいさ。――邪魔したな。腹が減って来たから、俺ぁもう退散するぜ」

「私も、もう行くよ。そろそろ六ツが鳴るだろうからさ」

己が居座っては、しろとましろは休めまい。修次もおそらくそう考えて、とっとと切り上げることにしたのだろう。

「お参りはいいけど、あんたたちも早くお帰りよ。帰って、ゆっくり休むこった」

「うん、帰る」

「早く帰って、ゆっくり休む」

素直に頷いた二人へ頷き返して、咲は修次に続いて小道を抜けた。

「柳川に行かねぇか？」

「ううん。柳川はお昼に行ったからさ。それに今、お隣りさんの調子が悪くてね。おじやでも作って一緒に食べるよ」

「そうかい」

やや眉尻を下げた修次を和泉橋の方へいざないながら、しろとましろが焼け跡に行っていたことを話した。

「それで泣いてたのか……まあ、しばらく落ち着かねぇだろうな。実はうちの長屋の者の親類もあっちの方にいて、まだ行方《ゆくえ》が判らねぇってんだ。それで俺も柳川へ行くついでに、あいつらの神社に無事を祈りに行こうと思ってよ」

ふと、先ほどの参太郎が思い出された。参太郎が玉池稲荷を訪れたのも、神頼みの他、どうしようもないことがあったからではなかろうか。

「お咲さん、もしかしてあんたもその、何かつらいことが？　なんだか目や頬が赤いような……？」

双子の手前こらえたつもりだったが、一緒に涙しそうになったことは否めない。

「朝から出ずっぱりだからね。あの子たちほどじゃないけど、私もお疲れなのさ。ここ二、三日、冬に戻ったように寒いしね」

「ふうん。そんならそれで、あんたも帰ってゆっくり休んでくれよ」

「言われなくたってそうするさ……行方知れずのお人が見つかるよう祈ってるよ」

「あんがとさん」

小屋敷の横の道を南へ折れると、柳川へ行く修次とは松下町《まつしたちょう》の角で別れた。

今宵《こよい》もまた冷え込みそうだと、身を縮込めながら長屋へ帰ってまもなく、咲は己の微熱に気付いた。

夕餉もそこそこに就寝したが、熱は下がらぬどころか喉も少し腫《は》れてきた。

翌朝はしまの呼び声で目が覚《さ》めた。

「お咲さん、具合はどうだい？」

しまは昨晩、咲が風邪気味なのを見て取って、福久やその夫の保《たもつ》、咲の分まで夕餉の支度《したく》をしてくれた。

「なんだか、まだだるくって。今日は一日大人しくしときます」

「うん、それがいいよ。飯の支度は私に任せておくれ」

「すみません」

「なんの。こういう時くらい頼っとくれよ」

しまの厚意に甘えて朝餉を待つ間、咲は己のかまどで湯を沸《わ》かすことにした。

水を汲みに井戸へ行くと、気付いたしまが目を吊《つ》り上げる。

「大人しくしてるって言ったじゃないのさ。お湯も私が沸かしたげるから」

「でもほら、大したことないんです。湯を沸かすくらいなら、なんでもありません。ご飯の支度は面倒だけど」

熱で身体は重いものの、福久のように寝込むほどではない。火吹竹を吹くうちに喉の痛みが増してきたが、沸かした湯で昨日からの汚れと汗を拭うと人心地ついた。

生姜湯を飲み、しまが作ってくれた粥《かゆ》を食べてしまうと、咲は再び横になった。

眠気はないが、寒気がひどくなってきた。掻巻《かいまき》に包《くる》まってじっとしているうちにひとき眠りに落ちた咲は、勘吉の歓声で目を覚ました。

「ゆきだ！　ゆきがふってる！」

道理で寒い筈だよ……

のろのろと夜具から這《は》い出したが、風邪はますます悪くなっているようだ。

痛む喉を湿らそうと、生姜湯の残りを口にする。とっくに冷めているものの、ぴりっと冷たいそれは喉に心地良かった。

ついでに小用を足しに表へ出ると、勘吉が言った通りちらちら雪が降っている。ただし、花びらのごとき名残《なごり》の綿雪だ。

井戸端の周りをくるくると、勘吉が落ちてくる雪を捕まえながらはしゃいでいる。

「おさきさん、ゆきだよ、ゆき！」

「あんたも懲《こ》りないねぇ」

冬の間も雪が降る度《たび》にはしゃいで、足を滑《すべ》らせて転んだり、のちにかじかんだ手が痛い、しもやけが痒《かゆ》いと泣いたりしたのだ。

「うん」と、勘吉は満面の笑みで咲を見上げる。「おいら、こりないの。おさきさんもいっしょにあそぼう！」

「ううん、今日はよしとくよ」

「おしごと？　いそがしいの？」

「いんや。ただ、ちょいと風邪気味だからさ。あんたや賢吉に移っちゃ困る」

「おさきさんもかぜ……」

つぶやきながら眉尻を下げたのは、福久がここ数日臥せっているからだろう。

「おいらね、おいら、しってるよ。かぜは『まんびょうのもと』なんだ」

「そうそう、よく知ってるね」

「おっかさんがおしえてくれた。おふくさんが、かぜひいてるから——あっ、そうだった。だから、うるさくしちゃだめなんだった……」

思い出したように口をつぐんだ勘吉へ、「その通り」と咲は重々しく頷いた。

「雪遊びはほどほどにして、早く中へお入りよ」

「はぁい……」

厠《かわや》を出ると、やや雪の勢いが増して見えた。

路に呼ばれて家に戻る勘吉の後を追うように、咲も己の家に足を向けると、勘吉を迎えに出て来た路と顔を合わせた。

「お咲さん、大分熱があるんじゃないの……？」

「そうでもないよ。でも大事を取って、今日はのんびりするからさ」

「それならいいんだけど……」

尻下がりの眉が勘吉とそっくりで、咲は無理せず微笑むことができた。

男児二人の世話で手が一杯の路に、余計な気を遣わせたくない。

「あんたも用心するんだよ」

咲の家は長屋の北の端で、路の家からはしまと福久の家を挟んで三軒離れている。己の家まで五間もないのに、このほんの五間がいつもよりずっと遠くに感じた。

土間へ入って引き戸を閉めると、ふぅっと大きく一息ついた。

まるで年寄りみたいじゃないか――

苦笑を浮かべて草履を脱《ぬ》ごうとした矢先、ふいに膝から力が抜けた。

とっさに上がりかまちに手をつき己を支えたものの、支えきれずに、咲はそのまま上がりかまちに倒れ伏した。


土間に膝をつき、上がりかまちに突っ伏したまま、咲が真っ先に思い浮かべたのは雪の祝言だった。

まったくもう、祝言まであと三日だってのに――

身体を起こそうとしたものの、腕にまるで力が入らない。

足腰からどんどんだるさが増して、いまや背中や肩、頭まで鉛《なまり》のように重かった。

――しばらくじっとしていよう。

平気、平気。

じっとしてりゃあ、すぐ治る。

助けを呼ぶほどじゃない……と、咲は己に言い聞かせた。

隣りの引き戸がそっと開閉された音がした。咲と入れ替わりに、今度は福久が表へ出たようだ。

しまも物音で気付いたのだろう。これまた、しまの家の引き戸が開く音がする。

「お福久さん、足元、気を付けて」

「ありがとう。まさか雪になるなんてねぇ……」

張りの戻った福久の声にほっとした。

「じきに八ツだけど、お福久さん、おやつはどうする？　今日は茶菓子はなくて、お茶だけだけど」

ああ、もう八ツになるのか……と、ぼんやり胸中でつぶやいた。雪で陽《ひ》の高さが判らなかったため、まだ昼前かと思っていたのだ。

「みんなに移しちゃ悪いから、もうしばらく遠慮しておくわ。お咲ちゃんも、まだ具合が悪いんでしょう？」

「そうみたい」

「悪いことしちゃったわね……」

お福久さんのせいじゃありませんよ……

再び胸中でつぶやくと、八ツの捨鐘が聞こえてきた。

なんとはなしに鐘を数えていると、五つ目を聞いたのちにふっと音が途切れた。

耳を澄《す》ませるも、鐘だけでなく、辺りから全ての音と気配が消え失せている。

どうしたってのさ？

みんなどこへ行っちまったんだい――？

この世に一人取り残された気がして、咲は慌てた。

助けを呼ぼうにも声が出ない。

額の下には己の腕が、腕の下には上がりかまちがある筈なのだが、頭や腕はもちろん、目蓋《まぶた》を上げることさえできなかった。音ばかりか、上がりかまちに続いて足元の土間まで消え失せて、いまや咲の身体はぽっかりと闇に浮かんでいた。

ううん。

どんどん沈んでく……

真っ暗闇の中、宙に浮かんだ身体がゆっくりと、だが少しずつ下へ――底しれぬ深淵へと沈んでいく。

もしかして、死にかけているんだろうか？

このまま一人で死んじまうんだろうか……？

死の恐怖におののいた途端《とたん》、亡父の元一《もといち》の声がした。

「しっかりしろ」

「おとっつぁん……！」

目蓋は閉じたままなのに、ぼんやりとだが、元一の姿が見えた。

夢か彼岸《ひがん》か今の咲には判じ難いが、死への恐怖はみるみる薄れた。身体も一息に軽くなり、闇の代わりに光に包まれているのが目を閉じていても判る。

夢だろうが、彼岸だろうが——

心が安らいで肚《はら》が据わると、咲は再び口を開いた。

「おとっつぁん……あれからいろいろあったのよ……おとっつぁんがいなくなってから、本当にいろいろあったんだから……」

「そうらしいな」

「雪が生まれたよ……ああ、おとっつぁんが亡くなる前に、おっかさんのお腹《なか》にいた子が雪よ。睦月に生まれて、その日はちょうど、今日みたいに綿雪が降っていたから、おっかさんが雪って名付けたの……」

「そうか。無事に生まれたか」

「うん……おとっつぁんが逝《い》っちゃった後、別の長屋に引っ越したんだけど、みんな雪の誕生を祝ってくれた……」

これこそ不幸中の幸いだと、ここぞとばかりに咲は続けた。

元一は流行病《はやりやまい》にかかったために、咲や太一は元一が倒れてから死すまで遠ざけられていて、ろくに言葉を交わせなかったのだ。

「雪はあんまり手がかからない子でね。だから、雪が三つになった年に、私は奉公に出たよ。連雀町の、縫箔師の弥四郎親方のところへ……女中奉公だったんだけど、おっかさんが教えてくれた縫い物のおかげで、後で親方が弟子にしてくれた。それから――それから、おっかさんが風邪をこじらせて亡くなって……」

「うん、知ってるよ」

「おっかさんがいなくなった後、太一は景三さんのところへ奉公に出た……塗物師の景三さんのとこ……太一はね、太一は今はもう独り立ちして、お嫁さんももらったよ。お桂さんっていう、とっても気立てのいいお菓子屋の娘さん……」

祝言を思い出して目が潤んだからか、それとも幻だからか、元一の姿が揺らいだ。

「雪も――雪も今度、祝言を挙げるのよ……」

早く。

早く。

おとっつぁんが――はたまた私が――消えないうちに――

「雪は浅草の、立花って旅籠に奉公にいったの。旦那さんになる人は小太郎さんっていって、腕のいい大工だから、なんにも案ずることないわ……」

つむったままの目から涙が溢れてこぼれたが、元一がそっと——おそらく指で拭ってくれた。

「私もね……案ずることはなんにもないから……私、縫箔師になったよ。一人前の縫箔師になって、日本橋に得意先もできた……一人前になったから、今じゃ銘まで入れてんだから……家も、おとっつぁんが生きてた頃みたいな二階建てで……おとっつぁんみたいに、二階を仕事場にしてんのよ……」

己が懸命《けんめい》に語りかける間に、元一の姿は少しずつ薄れていく。

消えゆく父親へ目を凝らして眉根を寄せると、ようやく目蓋が持ち上がった。

見慣れた天井がうっすら見える。

どうやら先ほどの元一は夢で、己はまだ此岸《しがん》にいるらしい。

安堵しながら顔を傾けると、上がりかまちに座っている女の背中が見えた。

路でも、しまでも、福久でもない。

「——おっかさん！」


「わっ！」

声を上げて振り向いたのは雪だった。

「ああ、びっくりした……お姉ちゃんたら、何寝ぼけてんのよ」

大げさに胸を押さえた雪の顔には、明らかな安堵の色が浮かんでいた。

「わ、私だってびっくりしたよ。あんた、何してんだい？」

「何って、お姉ちゃんの看病よ。お姉ちゃんが風邪で寝込んでるって、雪の中、修次さんがわざわざ知らせに来てくれたのよ」

「修次さんが？」

「なんでも、金鍔《きんつば》をたくさんもらったから、おやつに寄ったんですって。そしたらお姉ちゃんが寝込んでて……おしまさんから、昨晩から具合が悪くて、今日はずっと休んでる、こんなことは初めてじゃないかしらって聞かされたんですって」

どうやら己はあの後、夜具までなんとかたどり着いたらしい。

「それで、修次さんはおっかさんのことを知ってたから、念のため、立花まで知らせに来てくれたの。私――」

潤んだ目へ袖をやって、雪は声を震わせた。

「私、もうどうしようかと思って……だって、お姉ちゃんが寝込むなんて……女将さんに相談したら、今日はもういいからって、すぐに帰してくれたのよ……」

「そりゃ悪かったね。けど、寝込むなんて大げさな。私だって風邪くらい引くよ。それよりも、あんたに移ると困るじゃないの。あんた、祝言までもう日がないんだから」

「祝言は日延《ひの》べしてもらうわ」

「何言ってんだい」

声を高くして、咲は身体を起こそうとしたが、どうもまだ思うように身体が動かない。

「ああもう、無理しないでよ」

呆《あき》れ顔で雪は枕元へにじり寄り、のろのろしている咲を押しとどめる。

「あと三日じゃ本復《ほんぷく》は難しいわ。お福久さんだって三日も寝込んでたそうじゃない。それでもまだ本調子じゃないって言ってたもの」

修次と共に長屋へ来た雪は、こんこんと眠り続ける咲を見て、修次に小太郎と源太郎への言伝《ことづて》を頼んだという。

「修次さん、浅草まで行って帰ってお疲れだったでしょうに、快《こころよ》く引き受けてくだすったのよ。小太郎さんちに行く前に、お兄ちゃんちも寄ってくれて」

「だから、私のこたいいんだよ。私に構わず、とっとと小太郎さんと一緒になりな。もともとうちは太一とお桂さんを入れて四人、向こうさんは三人なんだから、一人減ってちょうどよくなったじゃないの」

「莫迦を言わないで。私はお姉ちゃんがいない祝言なんて嫌よ。それに、もしもお姉ちゃんが私だったら、きっと同じように日延べを頼んだわ。自分の我儘《わがまま》はよくて、私の我儘は駄目だなんて道理はありませんからね」

「我儘なんて……もういろいろ手配りしてるんだから、今更日延べなんて……」

「もうほとんど話はついてるの」

「なんだって？」

「お兄ちゃん、さっき一度様子を見に来たのよ。追って小太郎さんと源太郎さんも。三人ともお姉ちゃんを見て、『うん、こりゃ無理だ』って頷き合って、源太郎さんはお槙さんのところへ、小太郎さんは谷川《たにがわ》へ、お兄ちゃんはお師匠さんちにそれぞれ知らせに行ったわ」

谷川は路の夫の三吉《さんきち》が勤める料亭で、祝い膳の料理を頼んであった。太一の師匠の景三には、食器を借りることになっていた。

「なんだい、人を見世物みたいに……」

「ふふふ」

ようやく笑みを浮かべた雪が訊ねた。

「お姉ちゃん、お腹空いてない？　お昼を食べてないんでしょう？」

「そうだねぇ、言われてみりゃ空いてるような……でも、まずはちょいと肩を貸しとくれ。厠に行きたいんだけど、転んじまったら困るもの」

「お安いご用よ」

雪に肩を借りて表へ出ると、まだ雪がちらほらしていた。

だが、積もる先から溶けているらしく、地面がところどころ見えている。

「名残の雪ね」

「あんたの雪だ」

六ツは既に過ぎたそうだが、雪のおかげで辺りはまだほんのり明るい。

「……実はさっき、おとっつぁんの夢を見てたのさ」

「おとっつぁんの？」

「うん。それでおとっつぁんが消えたと思ったら、今度はおっかさんがいた。あんたは子供の頃からおっかさん似だと思ってたけど、身体つきまで似てきたね」

「もう二十一だもの。背丈は四年前から変わってないわ」

昨日に続いて、しまが雑炊《ぞうすい》を作ってくれたらしい。冷えた雑炊を少しずつ口に運びながら、雪と父母の想《おも》い出《で》をしばし語り合った。

蒔絵師《まきえし》だった元一は仕事に厳しく、子供たちに紙帳《しちょう》への出入りを禁じていたことや、それでも階下ではよく咲や太一の相手をしてくれたこと、晴は元一と同い年でありながら五つは若く見えたことなど、もう何度も繰り返した話だというのに、雪はいちいち楽しげに相槌を打つ。

「ねぇ、久しぶりにあの箱を見てもいい？」

「好きにおし」

あの箱、というのは、簞笥《たんす》の引き出しに仕舞ってある元一が作った形見の小箱だ。黒漆塗《くろうるしぬり》に、やや大きさが違う二つの金色の橙の蒔絵が施されている。元一が妻問いの折に晴に贈った箱だと聞いた。

二つの橙は夫婦を表しているのだろうが、親子に見えぬこともない。名が「代々」に通じることの他、実が大きく育つことも、橙が子孫繁栄の縁起物といわれる所以《ゆえん》だ。若い頃は黒漆よりも、朱色やせめて溜色《ため》がよいのではないかと思ったものだが、今は黒漆の深みや静けさが、橙の美しさや瑞々《みずみず》しさを一層引き立てていると判る。

まるで、生と死のごとく――

「櫛でも入っているのかと思ったけれど、空っぽだったたって、おっかさん言ってたね」

これもまた、幾度となく聞いた想い出話だ。

笑いながら箱を開けた雪が、中の守り袋を見て更に目を細める。晴が縫ってくれた守り袋を、咲は元一の形見の箱に仕舞っていた。

「……そういえば、昔、守り袋を落としちゃったことがあったわね」

「そんなこともあったね」

「親切な人が、後で届けてくれたのよね」

「うん。迷子札を見て、わざわざ届けてくだすったんだ」

「そうそう、ふふふ……」

懐かしそうに微笑んだ雪に、咲は言った。

「その箱、嫁入り道具として持っていきなよ」

昨日八百久で橙に目を留めたのは、どこかでこの父親の形見を思い出したからかもしれない。己や太一と違って、雪は父親のぬくもりを知らずに育った。母親の形見ともいえる品だが、今は己よりも雪の方がこの箱の持ち主にふさわしい気がする。

だが、雪はすぐさま首を振った。

「ううん。これはお姉ちゃんが持っていて。お姉ちゃんに持ってて欲しいの」

「そうかい？」

「うん。それで、いつかまたこうして、おとっつぁんとおっかさんの話をしようよ。ついでにお姉ちゃんの話も」

「ええ。たとえば——『そういえば、私の嫁入り前に、お姉ちゃんが風邪で寝込んだことがあったわね』『そういや、そんなこともあったね』『びっくりしたわ。今となっては笑い話だけど、あの時は今にもお姉ちゃんが死んじゃうんじゃないかって、ほんとに気が気じゃなかったんだから』……そんな話よ」

「私の話？」


ぐっすり眠れたからか、翌朝には熱は大分下がっていた。

咲が大事ないことを見て取って、昼餉を共にしたのち、雪は立花へ帰って行った。

雪の言い付けを守って咲は昼餉の後も横になったが、ほんの半刻ほどで——八ツの鐘を聞いて起き出した。

本調子とはとても言い難いが、昨日に比べれば雲泥《うんでい》の差だ。

厠へ行くと福久がいた。

「お咲ちゃん、もういいの？」

「まだ少し喉が……でも、昨日よりはずっといいです。おとといから二日も寝たきりでしたからね」

「たった二日じゃないの。やっぱりまだまだ若いわねぇ」

「まあ、お福久さんよりは幾分か」

雪に言った通り、咲も風邪を引くことはある。だが、大抵は一晩ゆっくり休めば大事に至らず、二日も寝たきりだったのは久方ぶりだ。小用さえ難儀したのは七、八年ぶりで、まだ前の長屋に住んでいた時である。

福久と苦笑を交わして家に戻ると、咲は梯子を見やった。

昨日も今日も朔の守り袋は届かず、明日は藪入り、明後日には朔は奉公に出る。

少しでも早く縫ったげないと――

だが、咲が梯子に手をかける前に、井戸端の方から己を呼ぶ声がした。

どうやら案内役の勘吉は昼寝か留守《るす》らしく、咲が戸口から顔を出すと同時に、しまも顔を出して男を手招いた。

「お咲さんなら、こっちだよ。――お咲さん、お客さんだよ」

客は仕立屋の参太郎で、しまは咲たちを交互に見やって興味津々《しんしん》という顔になる。

「参太郎さん――ちょいとお待ちを」

慌てて夜具を隅に寄せて、咲は参太郎を上がりかまちに促した。

「すみません。どうも風邪を引いたみたいで……なので、守り袋にはまだ手をつけていないんですが」

「それならよかった」

「えっ？」

「だって、ほつれを直すってのは方便で、お咲さん、朔が守り袋を落としたことを知って、新しいのを縫ってやろうとしたんでしょう？」

「なんだ。お朔ちゃん、白状しちまったのかい？」

思わずいつもの口調で問い返すと、「いいえ」と、参太郎は微笑んだ。

「朝のうちに、桝田屋の志郎さんが届けてくだすったんです。けれども、私もちょうど出かけるところで、急いでいたものですから……また、出先でなんだかんだと野暮用《やぼよう》が重なって、こちらへお伺《うかが》いするのが遅くなりました」

参太郎が懐から取り出したのは、紛《まぎ》れもなく咲が縫った福寿草の守り袋だ。

守り袋は火事の二日後――つまりは朔が落とした当日に、日本橋界隈にいた岡っ引きに拾われていたそうである。だが、岡っ引きはいつにも増して忙しく、昼夜を問わず駆けずり回っていたため、丸一日袖に入れっぱなしだった。挙げ句、着替えに帰宅した折に、妻女に着物ごと守り袋を押し付けて、届けておくよう頼んだらしい。

「ところが、朔が迷子札を出しちまったものだから、おかみさんはどこに届けたものやら困ってしまって、ご近所のおかみさんたちにこぼしたそうです。そしたら、おかみさんの一人が、これは桝田屋でしか買えない守り袋だって知ってたそうで、岡っ引きのおかみさんが昨日の夕刻、桝田屋に届けてくだすった――という次第《しだい》です」

「なんだ。よかった……」

思わぬ成りゆきにつぶやいた咲へ、参太郎は更ににっこりとした。

「ええ。世の中捨てたもんじゃありませんね。――あの、それですみませんが、これはお咲さんから朔に渡してくれませんか？」

「うん？　じゃあ、お朔ちゃんはまだ、守り袋が見つかったことを知らないの？」

「志郎さんが来たのは、朔が指南所に行った後だったんで……それで、あいつはきっと、私に嘘をついてたことを知られたくないと思うんです。嘘はいけないことだけど、私も何度か――その、けして悪気はなく、似たような嘘をついたことがあるから……」

参太郎の言葉に咲は顔をほころばせた。

「ありがとう、参太郎さん」

「えっ？　礼を言うのは私の方ですよ」

「いんや、私の方だよ。だって、嘘をついたのも、お朔ちゃんに嘘をつかせたのも私だもの。私が余計なことを言わなかったら、お朔ちゃんはきっとおとといのうちに、正直に打ち明けてたよ」

「でも、お咲さんはおととい朔と一緒に、日本橋までこれを探し歩いてくだすったんですよね？」

「なんだ。そのこともばれてたのかい？」

「野暮用が通町沿いだったんで、もしやと思って、番屋で訊ねてみたんです。あいつのことだから、まずは自分で探しただろうと、それからどうしようもなくなって、お咲さんのところへ行ったんだろうと――まさか、お咲さんまで一緒に探してくだすったとは思いも寄りませんでした。本当にご迷惑をおかけしました」

「とんでもないよ。ちょうど気晴らしに出ようと思ってたとこだったんだよ」

「でも、そのせいで風邪を召されたのでは……？」

「とんでもない」と、咲は繰り返した。「ここんところ冷えてたからね。加えて火事のことが気になって、柄にもなく気疲れしてて……そんな折に、風邪につけ込まれちまったんだよ」

「柄にもなく、だなんて」

苦笑を漏らした参太郎を見て、ふと雪を思い出した。

雪も実はあの時、嘘に気付いていたんじゃないだろうか。

私が自分の守り袋を代わりに渡したことや、後で本物とすり替えたことに、あの子は本当は、気付いていたんじゃないだろうか――

参太郎が帰ってまもなく、入れ違いに修次がやって来た。

「なんだ。案外ぴんぴんしてるな」

「ああ、あんなことは滅多にないんだよ。……昨日はあんがとさん。浅草やら、太一のとこやら、小太郎さんちやら、雪の中あちこち行ってくれたそうだね」

「うん、まあ、大したことじゃねぇさ」

「それで昨日の今日で悪いんだけど、一つお願いしてもいいかい？」

「お咲さんがお願いなんて珍《めずら》しい――いや、初めてじゃないか？」

「あんたにはね」

くすりとしてから、咲は修次に孝太への言伝を頼んだ。

朔のところへ直に頼んでもよかったのだが、孝太が朔とそこそこ「親しい」と踏んでのことである。

――翌朝、孝太と朔が連れ立って長屋を訪れた。藪入りゆえに指南所は休みらしい。

福寿草の守り袋を差し出して、咲はにっこりとした。

「親切なお人が、ちゃあんと届けてくれたよ」

「お咲さんのおかげです」

「ううん、お朔ちゃんの運と日頃の行いがいいからさ」

守り袋を手にして、朔は袖を目にやった。

「岡っ引きの旦那が拾ったんだから、猫糞《ねこばば》はないと思うけど、中を確かめてみて」

「お金はいいんです。これが——お兄ちゃんの守り袋さえあれば」

そう言って朔が取り出したのは、若葉色の小さな巾着だ。刺繍はもちろん、なんの飾り気もないただの袋だが、雫《しずく》の形が守り袋らしい。

——失くしたのは……袋とお小遣いの十二文だけ——

朔はそれまで身につけていた参太郎が作った守り袋を、新たにもらった福寿草の守り袋に入れていたのだ。若葉色の袋はよく見ると口や底が擦《す》り切れている。紐《ひも》に色褪せが見られることから、袋ももとはもっと濃い草色か松葉色だったと思われる。

「もう捨てちゃえよってお兄ちゃんは言ったけど、捨てられないよ……お兄ちゃんが、おっかさんとおとっつぁんの代わりに縫ってくれた物だもの……」

参太郎さんは、昨日中身を確かめただろうか……？

「お兄さんは、お朔ちゃんがその袋を中に入れてたことを知ってんのかい？」

「ううん、こっそり入れたから……だって、お兄ちゃん、恥ずかしいって言ってた。古くて恥ずかしいから捨てちゃおうって、一度は勝手に捨てようとしたんだから」

涙を引っ込めて、少しむくれた顔をした朔へ、思わずくすりとしてしまう。

というのも、雪もいまだ咲が昔作った財布を大事に使っているからだ。財布には新春に咲く花から白梅を選んで、赤褐色《せきかっしょく》の布に刺繍した。紐の先には同じく白梅を象《かたど》った物に刻《きざ》み香を匂い袋のごとく忍ばせた。当時はなかなかの出来栄《できば》えだと自負していたが、今となっては赤面の至りだ。小太郎との縁結びに一役買っていなければ、さっさと縫い直してしまいたい。

「私も職人だから、参太郎さんの気持ちも判らないでもないけどね。でも、きっと嬉しいよ。うん、私なら、恥ずかしいけど嬉しいね」

「そうですか？」

「そうともさ。——さ、早くおうちにお帰り。奉公前の貴重な日じゃないの。お兄さんとゆっくり過ごしなよ」

「お兄ちゃんなんかいいんです。お兄ちゃんよりも、その、指南所のみんなに会えなくなるのが寂《さび》しくて……」

朔はちらりと孝太を見やったが、咲に話しかけていたため、孝太にはよく聞こえなかったようだ。

「そんなら、孝太と――みんなと――遊びにおゆき」

咲が言うと、朔はほんのり頬を染めて暇《いとま》を告げた。

雪は昨日の夕刻に一度長屋に戻って来て、今朝は夜明けと共に立花へ行った。

――今日から明日まではいつも通りに働くけれど、明日の暮れ六ツにはまたここへ戻ってくるから。でもって、あさってから祝言までは、お姉ちゃんを看病しながら、ここから立花に通うからね――

そう宣言した雪曰《いわ》く、槙も槙が世話になっている旅籠の女将も日延べを快く承知してくれたそうで、祝言は結句二十九日――大安吉日――と相成った。

源太郎と小太郎は今は九尺二間に二人暮らしだが、祝言を機に源太郎と槙は隣りの長屋に引っ越すことに、源太郎と入れ違いに雪が小太郎と暮らすことになっていた。

槙は予《あらかじ》め決めていた通り今日で旅籠を辞めて、明日からは源太郎との新居に移り、源太郎と小太郎はけじめとして祝言までは兄弟で同居を続けることにしたという。

雪が奉公に出て以来、年に二度の藪入りでしか共に夜を過ごしたことがなかった。祝言まで十日余りのことではあるが、しばしの「姉妹暮らし」は楽しみではある。

でも、看病なんて大げさな――

苦笑を漏らしながら、咲は二階の仕事場へ上がった。

梯子がかかっている分、二階は一階より一畳狭いが、それでも弥四郎宅で二人で過ごした三畳間より半畳広い。

三日前の昼から、二日半も仕事をしていない。道具箱にそっと触れたのち、咲はまず墨を磨《す》った。

雪と昔話をしたからか、昨日も横になっている間に何度も父母のことを思い出した。

墨の支度が整うと、咲は新たに作る財布のための橙の意匠を描き始めた。

財布の真ん中から右下の方へ二つのやや異なる大きさの橙を、父親の小箱の意匠とは少し違えて、まだ木になっているところを描いてみる。左上にも少し葉に隠れた実を、それから初めに描いた二つの実の斜《なな》め上や下にも更に一つずつ、何枚もの葉と共に描き入れた。

地は洗柿《あらいがき》、葉っぱは鶸《ひわ》色に鶸萌黄《ひわもえぎ》、草色、青丹《あおに》に松葉色――

色合いや縫い方を考えるのも、咲には楽しいひとときだ。

幸い源太郎と槙の新居がすぐ隣りの長屋と近いため、家仕事は槙が一手に担ってくれるそうである。また、そうでなければ雪はとても浅草まで通えはしないだろう。

――こんなに早く話がまとまるなんて思いませんでした――

そう、立花の女将の裕《ゆう》は言った。

――たとえ、おめでたまでだとしても、日中だけでもお雪に来てもらって、今少し若い子を鍛《きた》えてもらえるとありがたいのですよ――

子供を身ごもれば、浅草までの通いは難しくなるだろう。そうでなくとも、毎日のこととなると行き帰りだけで一仕事である。

太一たちと、雪たちと、どっちが先に授かるかねぇ……

そう遠くない未来に、雪が母親に、太一が父親になるやもしれぬと思うと感慨深い。

描き終えた大小五つの橙を見つめて、咲は思わず微笑んだ。

「おさきさん！　おきゃくさん！　しゅうじさん！」

勘吉の案内と共に、修次が再び長屋を訪れたのは六日後の九ツ前だ。

「はいはい、勘吉、ありがとさん」

咲が戸口から顔を覗かせると、先導していた勘吉が修次を振り返る。

「ほら、おさきさん、もうげんきになったよ。すっかりげんきになった」

合わせるのは七日ぶりだ。


「ああ、そうだな」

「ゆうたとえいたもね。もうすっかりげんきになったんだよ」

「そらよかった」

六日前は向かいの長屋に勇太と栄太を見舞いに出かけていたため、勘吉が修次と顔を合わせるのは七日ぶりだ。

「おいらもね、おいらもかぜでねたけど、もうよくなった」

「うん？　勘吉も風邪で寝込んだのか？」

「そう。おいらもねこんだ。ちょびっとだけねこんだの」

言い直した勘吉へ、ちょうど表へ出て来た福久が微苦笑を浮かべた。

「ちょびっとでよかったわ。もう本当にびっくり、はらはらしたわ」

藪入りの翌日、勘吉はようやく調子を戻した福久と子猫のみつのところへ遊びに行ったのだが、帰り道で熱を出して座り込み、福久が懸命に抱っこして帰って来たのだ。そののち、咲と同じく二晩寝込んで、一昨日床払《とこばら》いしたのである。

「えへへ」

照れた笑みで応えてから、勘吉は修次を見上げた。

「しゅうじさんもびっくりしたね。このあいだ、びっくりしたよね。おさきさんが、どまでねこんでたから……おいら、びっくり、はらはらしたよ。しゅうじさんも、びっくり、はらはらしたよね？」

「うん、まあ……」

「えっ？　どういうことだい？」

「あら、お咲ちゃん、覚えてないの？」と、福久が問い返す。

福久から話を聞いて、咲は己があの日、上がりかまちで倒れたままだったと知った。

「お咲さんは風邪だって、勘吉が教えてくれてよ。そんなら、お隣りさんにでも金鍔を置いて行こうかと思ったら、戸が少し開いてるのが見えたんだ」

閉めたつもりだったが、どうもうっかりしていたらしい。

「一声かけてみようとしたら、隙間からお咲さんが倒れてんのが見えて……」

「おいらがね、おっかさんとおしまさんにしらせにいった。それで、おしまさんがかいまきだして、しゅうじさんが、おさきさんをだっこしてつれてった」

「それから修次さんがしばらく様子を見ていてくれたんだけど、何やら二人で話しているのが壁越しに聞こえたから、お雪さんへの言伝も、てっきりお咲ちゃんが頼んだものだと思ってたんだけど……」

……ということは、私が夢に見たと思っていたおとっつぁんは、実は修次さんだったんだろうか？

あの時、涙を拭ってくれたのも――

修次を見やると、修次は「はは……」と、つい今しがたの勘吉のごとき照れ笑いを浮かべ、人差し指で頬を掻《か》いた。

色白の優男だが、手を見ればすぐに職人だと判る。

そもそも父親の夢を見たのは、修次の介抱ゆえやもしれなかった。父親が亡くなった時、咲は既に七歳で、最後の「抱っこ」の記憶は更に二年は前だ。

「……そりゃ世話になったね。そういうことなら、今日のお蕎麦は私が持つよ。柳川に行こうってんだろう？」

「ははは、お見通しか」

「これくらいはね」

揃ってにこにこしている福久と勘吉に送り出されて、咲たちは長屋を後にした。

柳川へは回り道だが、しろとましろの神社へ先に寄るべく柳原に出ると、和泉橋から双子が呼んだ。

「さーきー！」

「しゅうじー！」

橋の北側から駆けて来る二人と、咲たちは南の袂で会した。

「今日はどうした？」

「いってぇどうした？」

「これから柳川へ行くから、あんたたちを誘いに来たのさ。そろそろ、あんたたちがここらを通るだろうと思ってさ」

あたかも予知したかのごとく澄まして言うと、しろとましろは驚き顔を見合わせて囁《ささや》き合った。

「お見通し」

「咲もお見通し」

「時々ね」

にんまりしてみせてから、咲は続けた。

「あんたたちも、まあまあ元気になったみたいだね」

「うん、元気」

「まあまあ元気」

今一度、此度は目を細めて顔を見合わせて、双子は口々に言った。

「藪入りでおとっつぁんに会ったんでい」

「おっかさんにも会ったんでい」

「友達にも会ったんでい」

「みんなとたくさん遊んだんでい」

「みんなとねぇ……」と、修次の目が好奇に輝く。「お前たち、そんなにたくさん友達がいんのか？」

「いる」

「たくさんいる」

「たくさんたくさんいる」

「たくさんたくさんたくさんいる」

繰り返して、双子は「ふふっ」と笑みをこぼした。

「楽しい藪入りだったみたいで何よりだよ。私なんか藪入り前に風邪を引いちまってさ。寝込んじまうわ、妹の祝言は日延べになるわで、散々だったよ」

「咲が？」

「寝込んだ？」

目をぱちくりしたのも束の間、しろとましろは再び顔を見合わせて「ひひっ」と忍び笑いを漏らした。

「攪乱《かくらん》」

「鬼の攪乱」

「なんだって?」

「なんでもない」

「なんでもない」

揃って首を振ってから、双子は咲を手招いた。

「咲、かがんで」

「ちょっとかがんで」

「なんだい、もう」

膝を折ってかがんだ咲の両耳へ、双子がそれぞれ囁いた。

「咲、ありがとう」

「この間はありがとう」

「なんだい、もう……」

顔をほころばせると、しろとましろも「ふふふ」と目を細めた。

「いってぇなんの話だ?」

「内緒話さ。ねぇ、あんたたち?」

「うん、内緒」

「修次には内緒」

「そりゃねぇぜ」

眉尻を下げた修次をよそに、双子はさっさと歩き出す。

「さあ、行こう」

「柳川に行こう」

「おいら、信太」

「おいらも信太」

手をつないですたすたと前を行くしろとましろを追いながら、咲は祝言が日延べになったこと、それまで雪が咲の長屋に寝泊まりすることを話した。

「ふうん……ほんの十日余りとはいえ、後で二人が一人になっちまったら、寂しくなるんじゃねぇのかい？」

これも新たな妻問い――夫婦暮らしへの誘いだろうか……？

にやにやする修次へ、咲は苦笑を浮かべてみせた。

「それがそうでもなさそうなのさ。一人暮らしにすっかり慣れちまってるから、二人でいるとどうも落ち着かなくてさ」

というのは方便で、気の置けない雪との暮らしは、阿吽《あうん》の呼吸もあって快い。ゆえに修次が言う通り、嫁入り後は少々寂しくなりそうではあるが、浅草の三間町に比べれば、平永町から永富町まではほんの五町余りと近い。

「まあこれからは、ご近所さんといえねぇこともねぇしなぁ……」

再び眉尻を下げてつぶやいた修次を、もう五間は遠くなった双子が振り向いた。

「修次！」

「遅いぞ、修次！」

「なんだと？」

修次が駆け出すと、双子もきゃっきゃと小走りになる。

小さく噴き出して、咲も三人を追って足を速めた。

睦月は二十九日の大安吉日。

七ツの鐘と共に、咲たちは長屋を発った。

太一が先導し、咲と雪が並んで歩く。

嫁入り道具は立花から譲《ゆず》り受けた古い鏡台と太一が塗りを施した箱膳のみで、既に小太郎宅へ移してあった。

雪の着物は薄梅鼠《うすうめねず》色で白無垢《しろむく》ではないが、頭には貸し物屋から借りた角隠しを被っているため、花嫁であることは明らかだ。

「お嫁さんだ」

「お嫁さんだよ」

「おや、おめでとさん！」

「こら、おめでとさん！」

道行く人々が、少しだけ足を止めて雪を――咲や太一も――祝福してくれる。

会釈《えしゃく》をこぼしつつ大通りを西へ渡ると、修次の一際《ひときわ》大きな声がかかった。

「おめでとさん！」

修次を間に挟んで、しろとましろも声を上げる。

「お仕合わせに！」

「ずっとお仕合わせに！」

「ありがとうございます」

かしこまって礼を言い、修次たちを後にした途端、咲は急いで懐から手ぬぐいを取り出した。

おとっつぁん。

おっかさん。

雪がお嫁にいくよ。

雪は無事に大人になって、これからお嫁にいくんだよ——

目頭へそっと手ぬぐいをやると、雪がはっとして咲を見た。

「お姉ちゃん——」

「今日くらい、いいじゃないか」

母親が亡くなってから、咲は人前で泣いたことがない。

——いいじゃないの、こんな時くらい泣いたって——

太一の祝言ののち、雪はそう言って咲の「代わりに」泣いてくれた。

今一度目頭を拭ってから、咲は微笑んだ。

「今日くらいは……いくら泣いたっていいじゃないのさ」

第二話　友誼《ゆうぎ》

昼下がりに桝田屋《ますだや》で財布と守り袋を納めてから、咲《さき》はその足で瑞香堂《ずいこうどう》へ向かった。

奥の座敷で、店主の聡一郎《そういちろう》に常式《じょうしき》と変わり種の匂い袋を一つずつ差し出す。

「や、此度《こたび》は二つも——助かりますよ」

どちらも意匠《いしょう》は瑞香堂の名にかけた沈丁花《じんちょうげ》だが、変わり種の方は意匠をいつものものから変えた分、手間賃《てまちん》が多めだ。

手間賃を受け取って聡一郎と共に店先に戻ると、商品を眺めている髪結《かみゆい》の伊麻《いま》の姿が見えた。

咲と伊麻は共に「化《ば》け狐《ぎつね》」「狐憑《つ》き」として、狐魅九之助《こみくのすけ》という戯作者《げさくしゃ》につきまとわれたことがきっかけで知り合った。聡一郎もかつて——九之助にではないが——狐憑きと疑われたことがあり、互いの苦労を語り合った伊麻と聡一郎はのちに相思の仲になったらしい。

祝言も遠くないと、九之助さんは言ってたけれど——

折しも八ツの鐘《かね》を聞いたばかりだ。妹の雪《ゆき》の祝言が十日余り前だったこともあり、少しおしゃべりできぬものかと声をかけようとした矢先、伊麻の向こうにいた二人連れの客の一人が咲を呼んだ。

「お咲さん！　お咲さんじゃないですか」

「あ、ああ、お駿《しゅん》さん——と、お素《もと》さん」

二人とも、咲の前に住んでいた長屋の住人だ。といっても駿は六年前に、京橋《きょうばし》より南の三十間堀町《さんじっけんほりちょう》の大店《おおだな》に嫁《とつ》いで長屋を出ている。

出戻ったってこたないよねぇ……？

羽振りがよさそうな駿の身なりを見て、咲は内心小首をかしげた。

「お久しぶりね。ええと、五年ぶりかしら？」

「そうですね。私が引っ越す前のお正月にお会いしたかと」

「そうそう。——今日は何か、珍《めずら》しい香木でも買いにいらしたの？」

店の奥から聡一郎と出て来たために、格別な買い物だと思っているようだ。

「お客で来たんじゃなくて、匂い袋を納めに来たんです」

「匂い袋？」

「ええ。瑞香堂さんには、沈丁花の花を縫《ぬ》った匂い袋を頼まれているんです」

「あら、じゃあ、お咲さんはまだ縫箔《ぬいはく》を？」

「もちろんですよ」

「まあ！」

そんなに驚くことでもなかろうに――

物静かな素はともかく、咲は駿が苦手だった。駿の母親のうのは良くいえば世話好き、悪くいえばお節介《せっかい》で、駿は前の長屋に住んでいた時、うのと一緒になってことあるごとに咲に縁談を勧《すす》めてきた。

己もお節介な方ではあるが、うのほどではないと自負している。駿もうのほどお節介ではないものの、大の噂《うわさ》好きであった。

駿は咲より二つ年下、素は一つ年下と歳《とし》は近い。だが、長屋に引っ越した当時は咲は通いで弥四郎《やしろう》宅で朝から晩まで過ごしていたため、二人と出かけるどころか、語らう時もそうなかった。また、父親と兄が左官の駿の家はおそらく長屋で一番裕福で、日々の暮らしを賄《まかな》うだけで精一杯だった咲はどうも話が合わず、それは素も同様のようだった。というのは、素は煙管師《キセルし》の父親と二人暮らしで、亡くなった母親の代わりに家事を担《にな》いつつ、通いの仕事に出ていたからだ。

とっとと退散しようと、咲は作り笑いを浮かべた。

「お二人ともお元気そうで何よりです。どうぞごゆっくり」

聡一郎にもさっと会釈《えしやく》をして咲は表へ出たものの、なんと駿は追って来た。

「お待ちになって、お咲さん」

駿の後ろから、素も続いて表へ出て来る。

「お咲さんは、今はどちらにお住まいなの？」

「今も変わらず藤次郎《とうじろう》長屋ですよ」

「見たところ、お一人のようですけれど……？」

駿が問うたのは、素のような外出の連れではなく伴侶《はんりよ》の有無だ。俗に所帯持ちの印である鉄漿《おはぐろ》も引眉《ひきまゆ》も咲はしていない。

「ご推察の通り、まだ独《ひと》り身です」

「旦那さまに先立たれたのではなく……？」

「いいえ、ずっと独り身ですよ」

「まあ──」

わざとらしく驚いた駿は、好奇心を隠さず再び問うた。

「でも、お咲さんのことだから、誰かいい人がいるんでしょう？」

とっさに修次《しゆうじ》の顔が浮かんだが、修次とは今のところ職人仲間のままである。よしんば男女の仲だったとしても、駿に漏《も》らすことはない。

「そんなお人はいませんよ」

「またまた――隠すことないじゃないの。お素さんに続いて、お咲さんとも鉢合《はちあ》わせるなんて、すごい巡り合わせだわ。せっかくですもの。おやつをご一緒しましょうよ。私、近くにいい茶屋を知ってるわ」

どうやら駿と素も偶然再会したようだ。

「私は遣《つか》いの途中ですから、もう帰ります」

咲より早く首を振って、素が言った。

「あら、でも、もっと旦那さんやお子さんのことを聞きたいわ」

素も引眉に鉄漿をしていることから、今は所帯持ちだと咲も踏《ふ》んでいた。

「おやつくらい、いいじゃないの。ほんの半刻《はんとき》――ううん、四半刻でもいいのよ。ねぇ、お咲さん？」

「いえ、私もまだ仕事があるのでお暇《いとま》しますよ」

「まあ意地悪ね。四半刻くらい、いくらでもなんとかなるでしょうに」

にっこりと、だが嫌み交《ま》じりの駿に流石《さすが》にむっとしたところへ、男の声が咲を呼んだ。

「お咲さん、すまねぇ、待たせちまったか？」

にこにこと、駿に負けぬ笑みを浮かべた男の名を、咲はすぐには思い出せなかった。

「うん？　こちらさんはもしやお客さん？　気が付かねぇですいやせん」

「あ、ううん。……前の長屋の人たちでね。久しぶりに顔を合わせたんだよ」

ええと、この人は確か、おまささんとこの――

咲が頭を巡らせる間に、男は駿たちに再び人懐《ひとなつ》こい笑みを向けた。

「そうですか。どうもお邪魔さまです。俺ぁ、典馬《てんま》っていいやす。お咲さんと八ツに待ち合わせてたんですが、ちと遅れちまいやして」

「そうだったんですね」と、素が相槌《あいづち》を打つ。「お邪魔さまは私どもの方です。でも、ちょうどお暇するところでしたから――では、お咲さん、お駿さん、ごきげんよう」

会釈をして素が行ってしまうと駿はちらりと咲を見やったが、一人で「お邪魔虫」になる気はないらしい。

「それなら、私もこの辺りでお暇しますわ。ごきげんよう。またそのうちに」

大店のおかみらしく丁寧《ていねい》に頭を下げると、駿は素とは反対側の南の方へ歩いて行った。

二人の姿がそれぞれ遠くなってから、咲は典馬と顔を見合わせる。

「助かったよ、典馬さん」

「どういたしまして」

くすりとした典馬は、柳川《やながわ》のつるが老婆のまさと共に住んでいる長屋の者で、まさには「典坊」と呼ばれている。駕籠《かご》舁《か》きゆえに隆《りゅう》とした手足をしていて、二十三、四歳と咲より幾分若い。

「瑞香堂に用があったんですが、店先にお咲さんが見えて……何やらお話してるんで、邪魔しちゃ悪ぃ、目に留まらねぇようにと思ってそろそろ来たんでさ。そしたら、あの女がなんだかしつこくしてて、『意地悪』だのなんだのと言い出して、お咲さんが嫌そうな顔をして――だから一芝居《ひとしばい》打ってみやした」

「そんなに嫌そうな顔をしてたかい？」

「ええ」と頷《うなず》いて、典馬は苦笑を浮かべた。

「よく私が判《わか》ったね」

まさの長屋は幾度か訪ねているが、典馬とまともに顔を合わせたのは一度きりだ。

「俺ぁ学問はさっぱりなんですが、顔はよく覚えている方なんでさ。名前は思い出せねぇことの方が多いけど、お咲さんのこた、おまささんやおつるさんからよく聞いていやすから。そういや、先日妹さんが祝言を挙《あ》げられたとか。おめでとうございやす。次はお咲さんだそうですね」

「何言ってんの。そりゃ浮言《ふげん》だよ」

呆《あき》れ声で応えたところへ、店の内側から戸が開いて伊麻が顔を出した。

「この人に先を越されちゃったわ」

伊麻曰《いわ》く、駿の話が気になって、店の中からそれとなく聞き耳を立てていたという。

高崎宿《たかさきしゆく》にある伊麻の実方《じつかた》は、長年狐憑きのそしりを受けてきた。郷里では縁談もままならぬため、嫁入りを諦《あきら》めた伊麻は家族に後押しされて、一人で穏やかに暮らそうと江戸に出て来たのだ。幸い、髪結の伊麻は暮らしに困っていないが、独り身の――それが望むと望まざるとにかかわらず――肩身の狭さは咲同様によく知っている。

「いけ好かないことばかり言うものだから、助け舟を出そうと思っていたら、あなたがいらして――見事な機転だったわ」

「それほどでも」

典馬は得意客の遣いで、練香を取りに来たそうである。

聡一郎から包みを受け取った典馬が早々に去ったのち、咲は伊麻に誘われて、桝田屋からほど近い、団子《だんご》が評判の茶屋・秋田屋《あきたや》へ寄った。

「ふふふ、これも先ほど盗み聞きしたのだけれど、妹さんが祝言を挙げたのね？」

「ええ。先だっての二十九日に……初めは藪入《やぶい》りの翌日にって話してたんですが、私が風邪《かぜ》を引いたもんだから、少し延びちゃったんですよ。でもようやっと、無事に嫁いでくれてほっとしてます」

「おめでとうございます」

祝辞を述べてから、伊麻はにんまりとした。

「次はお咲さんの番だとか？」

「それは浮言だって言ったじゃないですか。お伊麻さんこそ、どうなんです？　九之助さんから、祝言もそう遠くないとお聞きしましたよ」

「あらやだ。九之助さんたら、今度はそんなことを言ってるの？」

「聡一郎さんは『気が早い』と仰《おっしゃ》ってましたから、つまりはそういう運びになったとお見受けいたしましたが？」

「もう……」

微《かす》かに頬《ほお》を染めて伊麻は恥じらった。

咲より四つ年上の伊麻は、聡一郎や美弥《みや》と同い年で、年明けて三十二歳になった。美弥より背が高く艶《つや》気《け》があるが、こうして恋に恥じらう顔は愛らしい。

聡一郎の両親は、息子に店を任せて、郷里の近江国《おうみのくに》で隠居している。聡一郎は既に近江国に文を送っていて、両親は嫁取りを喜んでいるらしい。また、伊麻の家族が住む高崎宿は江戸からそう遠くないため、聡一郎は近々時を見計らって、高崎宿まで挨拶《あいさつ》に出向くという。

「もしかしたら、聡一郎さんのご両親もいらっしゃるかもしれない、それならいっそ高崎で祝言を——なんて言ってるけれど、どうなることやら」

なんにせよ、めでたい話である。

秋田屋でひとときおしゃべりしたのち、咲たちは日本橋《にほんばし》の北の袂《たもと》で別れた。

越後屋《えちごや》を通り過ぎ、松葉屋《まつばや》に差しかかると表の縁台を見やったが、修次の姿は見当たらなかった。

修次とは雪の祝言の後にも顔を合わせていたが、それももう六日前で、柳川に蕎麦《そば》を食べに行った折だ。伊麻と聡一郎のことを伝えたかった咲はややがっかりしたが、どうせまたぞろ柳川行きの誘いがあるだろうと松葉屋を通り過ぎると、路地から出て来たしろとましろと鉢合わせた。

「あんたたち……」

尻《しり》すぼみになったのは、双子の間に少女がいたからだ。

しろとましろより少しだけ背が高く、年上のようだ。といってもせいぜい十歳だろうが、すらりと長く細い手足に加え、笄髷《こうがいまげ》につぶらな瞳、それでいて凛《りん》とした顔立ちがそこらの少女とは一線を画して見える。

「やあ、咲」

「久しぶりだな、咲」

双子とは祝言の時に顔を合わせているから久しぶりというほどではないが、通りすがりに挨拶を交《か》わしただけだった。

しろとましろは揃《そろ》って少女を見やって、口々に言った。

「この人は縫箔師の咲っていうんだ」

「咲っていう、おいらたちの友達なんだ」

それから咲を見上げて、やはり口々に言う。

「咲、この子はおいらたちの友達の花野《かの》」

「花の野原って書いて花野っていうんだ」

「花野と申します」

「咲といいます」

花野と短い挨拶を交わしながら、何やら胸がじんわりとした。

そうか。

私たちは友達だったのか……

咲も人並みに七歳から手習い指南所に通い始めたが、同年父親を亡くしてからは、まだ三歳だった太一《たいち》の世話や身重の母親を気遣って、いわゆる「友達」と遊ぶことがほとんどなかった。

奉公に出てからは仕事で、弟子《でし》になってからは修業で手が一杯だった。また、弥四郎宅では弟子は男ばかり、女中は年嵩《としかさ》の者が一人で友情を育《はぐ》むことはなく、通いになってからも駿や素など長屋の女たちとはあまり付き合いがなかったため、友人らしい友人は今の長屋に移るまでいなかった。

しろとましろは――神狐《しんこ》の化身《けしん》だとしても――歳は大分離れているが、血のつながりも仕事のかかわりもないゆえ「友達」には違いない。

「お咲さんは縫箔師なんですね。では、その巾着《きんちゃく》もお咲さんが？」

「そうだよ」

今日手にしているのは、柳を飛び交う数羽の雀《すずめ》を意匠にしたものだ。

「咲はね、守り袋も縫うんだよ」

「財布や匂い袋、人形の着物も」

匂い袋はともかく、人形の着物のことまで話しただろうかと咲は内心首をかしげたが、これも二人の「お見通し」の内やもしれない。

それよりも、二人のそこはかとなく自慢《じまん》げな物言いが咲には面映《おもは》ゆく——それでいて嬉《うれ》しかった。

「女性の縫箔師にお目にかかるのは初めてです。素晴らしい腕前ですね」

「それほどでも」

「ふふ」

「ふふふ」

謙遜《けんそん》する咲を見上げて、しろとましろが忍び笑いを漏らしたが、けして嫌みではなく、二人してこれまた誇らしげな顔をしている。

「お花野さんも、しろとましろと同じところで奉公しているの?」

花野は朔《さく》より幾分若く見えるが、朔よりも大人びた丁重《ていちょう》な言葉遣いから、「ちゃん」ではなく「さん」と呼ぶことにする。

両脇のしろとましろをちらりと見やって、花野は首を振った。

「いいえ……私は別のところで奉公しております。しろとましろとは郷里が近く、幼《おさな》い頃からの友達なのです」

「ふうん。じゃあ幼馴染《おさななじ》みか」

咲の言葉にきょとんとしたしろとましろへ、花野がそれぞれ耳打ちする。

「そう。花野とおいらたちは幼馴染み」

「幼い頃から仲良しだから幼馴染み」

胸を張った双子へ、咲は微笑《ほほえ》んだ。

「そりゃ羨《うらや》ましいね。友達がたくさんいるばかりか、幼馴染みまでいるなんてさ」

「へへへ」

「えへへ」

目を細めて、二人は照れた笑いを浮かべた。

「奉公先は違うってこた、お遣いでたまたま巡り合わせたのかい？」

ついでに「郷里」がどこかも問うてみたかったが、深追いは禁物だ。

「いいえ」と、これにも花野は首を振った。「お遣いはお遣いなのですが、私は江戸は初めてなので、しろとましろに案内してもらっているのです」

「江戸は初めて……」

となると、やはり花野や双子の郷里が気になる。

しろとましろの守り袋に縫い取られた紋印は抱き稲で、伏見稲荷大社《ふしみいなりたいしゃ》の御神紋と同じだ。伏見稲荷大社は国中の稲荷神社の総本社であることから、しろとましろの「郷里」は山城国《やましろのくに》だと咲と修次は推察していた。

人の子なら一人旅は到底無理だが、しろとましろが藪入りで帰郷しているように、神狐なら訳ないのだろう。

咲が言葉を濁《にご》したからか、双子が左右から花野の袖《そで》を引いた。

花野がやや腰を折って、三人でひそひそ言葉を交わす。

「わ、私は今は相模国《さがみのくに》で奉公しておりまして、此度、江戸へは他の奉公人と一緒に参りました」

なんだか嘘《うそ》臭いけど――

ここは問い詰めない方がよいと判じて、咲は慌てた花野へすぐさま微笑んだ。

「そうかい。江戸はどうだい？　楽しいかい？」

「はい」

大きく頷いて、花野はようやく少女らしく無邪気《むじゃき》に顔をほころばせる。

「人が多くて賑《にぎ》やかだから、少し気後《きおく》れしてしまいますけれど、せっかくの機会ですので、帰る前にもっと見聞を広めとうございます」

「しっかりしてるねぇ。感心、感心」

咲が褒《ほ》めると、花野よりもしろとましろが得意げになる。

「そう、花野はしっかりしてる」

「物知りな上にしっかりしてる」

「でも、おいらたちだっていろいろ知ってるぞ」

「おいらたちだってしっかりしてるぞ」

「うんうん、あんたたちも」――歳の割には――「しっかりしてるさ。その調子で、お花野さんをしっかり案内しておやり」

「はぁい」

「はぁい」

素直に返事をして、双子は花野を促した。

ぺこりと頭を下げて去って行く花野の背中に、背紋があることに咲は気付いた。

見送りながら目を凝《こ》らしてみると、それは「下り藤」の紋印だった。

あれは確か、春日《かすが》大社の御神紋――

春日大社がある大和国《やまとのくに》は山城国のすぐ南で、「近く」といえないこともない。

それなら、お花野さんはもしや神鹿《しんろく》の化身……？

花野のつぶらな瞳や細い手足に重ねて子鹿を思い浮かべつつ、咲は何やら浮き浮きしながら家路に就《つ》いた。


翌朝、花野のことを修次に話したくて、咲はうずうずしていた。

修次が住む新 銀 町《しんしろがねちょう》までそう遠くないものの、どのみち長屋では話せぬことである。

萬作堂《まんさくどう》に行くついでとしようか――

萬作堂は永富町《ながとみちょう》にある小間物屋《こまものや》だ。永富町から二町ほどのところには、柳原《やなぎわら》のように町中より内緒話《ないしょばなし》がしやすい鎌倉河岸《かまくらがし》がある。

なんなら昼餉《ひるげ》も外で済ませて来ようと思い巡らせていると、四ツ半を過ぎた頃に勘吉《かんきち》の声がした。

「おさきさん！　おきゃくさん！」

てっきり修次が昼餉を誘いに来たのかと思いきや、戸口にいたのは駿だった。

「お駿さん……どうしたんですか？」

「どうしたもこうしたも、ちょっと実方まで来たものだから、こちらまで足を延ばしてみたのよ。ほら、昨日あんまりお話しできなかったでしょう」

実方へ行ったついでとはいえ、三十間堀町から来たとなると無下《むげ》にはできない。上がりかまちに促して、己も傍《そば》に座り込む。

「そうはいっても、相変わらずの暮らしなんでね。お話しするようなことは大してないんですよ」

ぐるりと一階を見回した駿へ、内心溜息《ためいき》をつきつつ咲は言った。

「あら、でも、こんな立派《りっぱ》なところへお住まいで……一人暮らしには広過ぎやしませんこと？」

「父と同じく、二階はまんま仕事場にしてるんです。私のせめてもの贅沢《ぜいたく》でして」

「昨日の典馬さんとは、一緒にならないの？」

咲の暮らしぶりに加え、典馬との仲が気になって、わざわざ訪ねて来たらしい。

典馬には湯島《ゆしま》に女がいると、まさから聞いている。男女の仲とする嘘はまずいと判じて、咲は首を振った。

「典馬さんとは、そういう仲じゃないんです」

「でも、ほら昨日――」

「典馬さんにはちゃんとそういった仲の人がいて、昨日はその人への贈《おく》り物を選ぶのに、ちょいと知恵を貸して欲しいと言われていただけなんですよ」

て応えた。

「本当です」

贈り物云々は方便だが、互いに「その気」は微塵《みじん》もないがため、咲は気負《きお》わず澄《す》まし
「本当に？」

「ふうん……昨日はなんだか、ただならぬ仲に見えたものだから」

「とんでもない」

「お咲さんは隠しごとがお得意だから、判らないわ」

「隠しごと？」

何を言い出すのかと問い返すと、駿はくすりとして再び口を開いた。

「ほら、雄悟《ゆうご》さんのこととか、純一郎《じゅんいちろう》さんのこととか」

雄悟は咲が初めて肌身を合わせた男だ。啓吾《けいご》に「振られて」弥四郎宅を出て通いとなり、職人としての道を貫《つらぬ》こう、生涯《しょうがい》独り身でもいいじゃないかと咲が開き直った折に現れた。神田川《かんだがわ》の北に住んでいた袋物師で、名前を始めどことなく啓吾に似ていたが、啓吾よりは女の扱いに長《た》けていた――ように思う。結句秘事に至ったのは一度きり、己が啓吾を忘れようとしていたように、雄悟も誰かを忘れようとしていたと気付いて、咲の方から別れを告《つ》げた。ほどなくして郷里に帰ると聞いたが、嘘かまことか確かめること

さえなく今に至る。

純一郎は両国《りょうごく》の小間物屋の跡取りで、咲が独り立ちした後に己が作った物を売り込みに行って知り合った。作品を褒めそやされて咲も恋心を覚えたが、純一郎は当時「親が決めた」許婚《いいなずけ》がいたにもかかわらず妻問《つまど》うてきたため、咲は即答を避けた。互いの恋情を確かめるごとく、幾度か逢瀬《おうせ》を重《かさ》ねるうちに、咲は純一郎もまた啓吾のごとく、己に職人よりも妻であることを――縫箔はほどほどに、おかみとして店や奉公人のことを考え、立ち回るよう――求めていると知って袖にした。

「純一郎さんは、おととしお亡くなりになったんですってね」

「えっ、そうなんですか？」

「嫌だわ。お咲さん、ご存じなかったの？　おととし――ううん、さきおととしの師走《しわす》に引いた風邪がどんどん悪くなって、年明けて睦月《むつき》のうちに亡くなったと聞いたわ。まだ子供たちも小さいのにお気の毒ね、って長屋のみんなで話したのよ」

「ちっとも知りませんでした。純一郎さんとは、ご縁がなかったとお話ししてそれきりだったもんですから」

居職の咲は、外出することがそもそも少ない。前の長屋の皆とも折があれば挨拶を交わしはするものの、あくまで当たり障《さわ》りのないもので、今の長屋の皆のような気安さもなく、親しい者は住んでいた頃からもいなかった。

「雄悟さんからは、なんの音沙汰《おとさた》もないの？」

「ありませんよ。雄悟さんが郷里に戻られてから、もうかれこれ――八年ですかね」

長居は勘弁という気持ちから、戸口は開けたままにしてあった。

安普請《やすぶしん》とはいえそう遠くまで聞こえぬだろうが、辺《あた》りはしんとしていて、福久《ふく》、しま、路《みち》の他、由蔵《よしぞう》や藤次郎まで聞き耳を立てているような気がしてならない。

と、井戸端《いどばた》の方から勘吉の朗《ほが》らかな声が聞こえてきた。

「しゅうじさん、いらっしゃい！」

「おう、勘吉。お邪魔するぜ」

「おさきさんちね、おきゃくさんがきてるよ」

「そうなのか。仕事の話かな？」

「わかんない」

助かったような、そうでもないような……

駿の目がきらりと輝くのを横目に、咲は土間に下りて表へ顔を出した。

「よう、お咲さん。お客さんが来てるんだってな」

「ええ。前の長屋の人でね――でも、もうお帰りだから」

不満そうに眉をひそめた駿へ咲は言った。

「お駿さん、こちらは職人仲間の修次さん。修次さんは錺師《かざりし》だけど、得意先がいくつか同じで、時々意匠を揃《そろ》えた注文をもらうことがあるんですよ。ね、修次さん？」

「ああ、うん。今日もちと仕事の話がありやして……」

察しよく、修次はにこやかに話を合わせた。

「修次さんは私と違って売れっ子でしてね。忙しいお人なんです。でもまあ、私もこの通り、まずまず人並みの暮らしをしておりますから心配は無用です。わざわざ足を運んでくだすったのに、ろくにおもてなしもできずにすみません」

咲にしてはやや腰を低く、だがきっぱり言うと、駿は渋々立ち上がった。

「……お忙しいのに、修次さんの方からお咲さんを訪ねていらしたんですね」

「他にも用事がありやして、そのついでにでさ。それに、お咲さんも近頃はあちこちから引っ張りだこですから、早めに約束しちまいてぇんです」

「引っ張りだこ……そうですか。何よりですね」

探るように修次を見つめてから、駿は咲に向き直る。

「典馬さんといい、修次さんといい、つい二股《ふたまた》を疑ってしまいましたけど、お咲さんに限ってそんなことはありませんわね」

「もちろんです。二股どころか、浮いた話はさっぱりですよ」

年の功ですかさず笑顔でかわしたものの、見送りに出るほどお人好《ひとよ》しではない。

木戸へ向かった駿の後ろ姿が見えなくなると、勘吉が袖を引いた。

「ねぇ、おさきさん。てんまさんってだぁれ？」

「典馬さんは松枝町《まつえだちょう》の長屋の人だよ。柳川って蕎麦屋の、おつるさんってお人が住んでる長屋の店子《たなこ》で、ほんの知り合いさ」

やはり何やら皆が聞き耳を立てているように思えて、咲はいつにも増してはきはき応えた。

「ふうん……じゃあね、じゃあ、『ふたまた』ってなぁに？」

「えっ？」

とっさに言葉に詰まった咲の代わりに、修次がくすりとして勘吉の前で腰を折った。

「俺たちはこれから大事な仕事の話があるからよ。そいつはおっかさんに聞いとくれ」

「はぁい」

無邪気に頷いた勘吉が踵《きびす》を返し、三軒隣りの路のもとへ駆けて行く。

二人して苦笑を浮かべると、咲は修次を家の中へ促した。

問われる前に、昨日の瑞香堂での出来事を話すと、修次が呆れ顔になる。

「それで、わざわざ三十間堀から訪ねて来たのか……よっぽど暇を持て余してんだな」

「私みたいに、あくせく働かなくていい身分だからね」

肩をすくめた咲へ、修次は再び苦笑を漏らした。

「瑞香堂ではろくな巡り合わせがねぇな。九之助といい、お駿さんといい」

「そうでもないさ。九之助さんは度を過ぎた狐好きとあのおしゃべりがなんだけど、お伊麻さんと知り合えたことや、聡一郎さんとお伊麻さんがああいう仲になったことは、九之助さんのおかげといえないこともないからさ……」

「ああいう仲？　ということは、あの二人はあれからよろしくしてんのか？」

「そうらしいよ」

祝言のことは口にしなかったが、修次が何やら羨望《せんぼう》の眼差《まなざ》しを向けたものだから、咲はついくすりとしてしまった。

「九之助はやっぱり狐憑きかもしれねぇぞ」

顎《あご》に手をやって、修次は以前口にした冗談《じょうだん》とも本気とも判らぬ持論をつぶやく。

「またそんな戯《たわ》けたことを」

「けど、此度の仕事も、やつのおかげといえねぇこともねぇからよ」

己に合わせて機転を利《き》かせてくれたのかと思っていたが、「仕事の話」は本当だった。

「昨年、俺が秋海棠《しゅうかいどう》のびらびら簪《かんざし》を作ったことを覚えてっか？」

「もちろんさ。ちょうど私も、秋海棠の守り袋を桝田屋に持ってった折だったね」

「そうだ。そのびらびら簪を注文してくれた客が――杏輔《きょうすけ》さんっていうんだが――此度は秋海棠の平打《ひらうち》を注文したいってのさ。お咲さんの簪入れと一緒にな」

「私の？」

「うん。杏輔さんには、秋の海と書いて、秋海《あきみ》という名の馴染みが中にいてよ。びらびら簪はこの秋海って女への贈り物だったんだ」

中とは吉原《よしわら》のことである。

「なるほど、だから秋海棠の……」

「残念ながら、お咲さんが昨年作った守り袋は、杏輔さんとは違う馴染みが買って、秋海への贈り物としたらしい。秋海は守り袋はもちろんのこと、九之助の九尾狐《きゅうびこ》の財布も褒めそやしていたそうで、杏輔さんは此度は負けじと簪入れをお咲さんに縫って欲しいってんだ」

「うん？　ということは、九之助さんもその秋海って人の馴染みなのかい？」

「いんや。九之助は秋海の女郎仲間の馴染みらしい。杏輔さんとは別の折に秋海がお座敷に呼ばれた時に、九之助がみんなにあの財布を自慢していたそうだ」

「ふうん……九之助さんにも、吉原に馴染みがいるとはねぇ……」

戯作者だがあまり売れていない九之助は、友人の康太郎《こうたろう》が営《いとな》む旅籠《はたご》・郷屋《さとや》に間借りしていて、とても吉原で遊ぶ金があるとは思えない。

「康太郎さんといい、歳永《としなが》さんといい、あいつはなんだかんだ顔が広いんだよなぁ」

歳永は永明堂《えいめいどう》という薬種問屋の隠居で、粋人《すいじん》にして本好きらしい。康太郎も本好きがきっかけで九之助と知り合い、九之助が長屋を追い出された折に己の旅籠の納戸を空《あ》けてやったという。この二人でなくとも、分限者《ぶげんしゃ》の女遊びの恩恵《おんけい》に預かっているのではないか——というのが修次の推察だ。

「じゃなけりゃ、やつは間夫《まぶ》かもしれねぇぜ。しろとましろにとっちゃ仇《かたき》のような野郎だが、ああいう変わり者が好みの物好きもいねぇことはねぇだろう」

「九之助さんが間夫……」

「ははは、そう訝《いぶか》しげな顔をされちゃあ、流石にやつが気の毒になってきた」


笑い出した修次を、咲は柳川へ誘った。

先に柳原へ足を向けたのは、花野の話をするためである。

しろとましろの神社へ寄ってから柳川へ行き、昼餉を済ませてから長屋に戻った。早速、秋海棠の意匠を考えながら匂い袋を縫っていると、八ツの鐘を聞く前に寿が訪《ひさ》れた。

寿は美弥の亡夫・誠之助《せいのすけ》の母親で、桝田屋はもともと寿と寿の亡夫が浅草《あさくさ》で始めた小間物屋だった。寿が夫を亡くしたのち、誠之助が店を継ぎ、美弥は十八歳で桝田屋に嫁いだ。残念ながら、誠之助は日本橋に店を移して二年と経たずに――八年前に――刃傷沙汰《にんじょうざた》で亡くなったが、身寄りがいない美弥にとって寿は変わらず親しい存在だ。

美弥は昨年、手代《てだい》だった志郎《しろう》と夫婦《めおと》になった。めでたいことにとんとん拍子《びょうし》に懐妊し、およそ五箇月を経たお腹は明らかにふっくらしている。

寿はそんな美弥を労《いたわ》るべく、近頃桝田屋を手伝っていて、今日も店の遣いとして咲を訪ねて来たという。

「お咲さんちなら、志郎さんが店を閉めた後に行くと言っていたのだけれど、お美弥さんを一人にするのは心配だから、今のうちに私が来たのよ」

寿はとうに隠居の傳七郎《でんしちろう》の後妻となっていて、今は深川《ふかがわ》に住み、店の手伝いは日中のみだ。美弥は誠之助の生前に一度死産していて、のちに再び身ごもったものの、誠之助の死後流産した。三十路《みそじ》を過ぎていて、もう子供が望めぬやもしれぬということも、美弥が志郎と夫婦となることを躊躇《ためら》っていた事由の一つで、ゆえに此度授かった命を守るべく寿も細心しているのだ。

「お美弥さんの具合はどうなんですか？」

「上々よ。赤子もぽこぽこ動いて元気なものよ」

相好《そうごう》を崩したのも束《つか》の間《ま》、寿はすぐさま顔を引き締めた。

「でも、心配の種は尽《つ》きないわ。かといって、私がおろおろしてちゃ、お美弥さんも落ち着かないでしょうから、平気な振りをしてなきゃならないし……傳さんはどっしり構えてろって言うけれど、案外難しいものよ」

「そうですね」

雪や桂《けい》の懐妊を想像して、咲は頷いた。

「ことお産に関しては、男の人はあてになりませんからね。賭《か》けてもいいわ。いざ生まれるとなったら、きっと傳さんの方がおろおろしていることでしょうよ」

「はあ、でも志郎さんなら……」

常から淡然としている志郎を思い浮かべるも、寿はあっさり首を振った。

「我が子のこととなれば、話は別よ。ああでも、志郎さんなら、傳さんよりは頼りになるやもしれないわ」

「ええ、おそらく頼りになりますよ」

苦笑を浮かべながら、咲は少しばかり志郎を庇《かば》った。

寿の遣いは守り袋の注文だった。

「上方からいらした亥太郎《いたろう》さんっていう方が、孔雀《くじゃく》の羽根を意匠にした守り袋を注文したいんですって」

「孔雀の羽根ですか……」

孔雀もその羽根も、咲は墨絵《すみえ》でしか見たことがない。身体《からだ》が真《ま》っ青《さお》なことや、羽根が玉虫《たまむし》色をしているとは聞いたものの、刺繍《ししゅう》にするとなると、本物か色のついた絵を探さねばなるまい。

咲の不安を見て取ったのか、寿は微笑んだ。

「案ずることはないわ。羽根は亥太郎さんが持っているのを、見せてもらえることになっているの。それで、あさって歳永さんとお店に来てくださるそうだから、お咲さんも四ツにお店に来てもらえないかしら？」

「喜んでお伺《うかが》いいたしますが、歳永さんもいらっしゃるんですか？」

つい先ほど、修次からもその名を聞いたばかりである。

「亥太郎さんは歳永さんのご紹介なのよ。歳永さんが上方を訪ねた折に、亥太郎さんは歳永さんの松ぼっくりの財布と煙草入れを見たんですって」

煙草《タバコ》入れが気に入った歳永は、のちにやはり松ぼっくりを意匠とした財布を注文してくれた。

「江戸に来てからも、九之助さんって戯作者の財布を見たそうで、守り袋はお孫さんへの江戸土産《みやげ》にしたいとお話ししていたわ」

「江戸土産とは、なんだか照れ臭いですね」

「縫箔師咲はこの世に一人きりで、紛《まぎ》れもない江戸っ子なんだもの。お咲さんの作る物は、どこへ出したって恥ずかしくない、立派な江戸土産ですよ。私も鼻が高いわ」

「ははは、江戸っ子の名に恥じないよう、腕によりをかけて縫いますよ」

「あの子たちのお店のためにもお願いね。まあ、お咲さんのことだからなんの心配もしていませんけれど――それにしても、九之助さんの財布はあちこちで評判みたいね。青月を見上げる九尾狐の意匠だとか……私も一目見てみたいわ」

これも、お狐さまのお導きかねぇ……？

簪入れに続いて、守り袋の注文はありがたい。

だが「九之助のおかげ」では釈然としないため、「九尾狐のご利益」だろうと咲は己に言い聞かせた。

二日後の如月《きさらぎ》は十三日。

四ツ前に着いた桝田屋には、既に歳永と亥太郎が来ていた。

「お待たせして申し訳ありません」

「なんの。私たちが早く着いただけだよ」

歳永とは一昨年に顔を合わせたきりだ。

「こちらが、大坂からいらした亥太郎さんだ」

歳永は四十路《よそじ》過ぎと隠居にしては若い方で、亥太郎は歳永よりやや年上に見える。背《せ》丈《たけ》は同じくらいだが、歳永が色白でぼんぼんがそのまま隠居になったような見目姿であるのに対して、似たように細身であるにもかかわらず、亥太郎はほどよく日焼けしていて逞《たくま》しい。

「私は昔、飛脚をしていましてな」

「道理で」と、咲は合点《がてん》した。

「二十年ほど前に足を痛めて辞めてもうてんが、それから近所の料理屋を手伝うようになったんや。というても、私は料理はでけへんさかい、仕出しを届けたり、野菜や魚を市場へ注文に行ったり、雑用ばかりやったけどな」

足の怪我《けが》の他、妻が病に倒れたことも、飛脚を辞めた事由だったという。

「外出が叶《かな》わぬおかみさんに、旨《うま》い物を食べさせてやりたいと、大坂中を走り回っていたそうだから、まさに韋駄天《いだてん》さ」

俗説によると、釈迦《しゃか》が亡くなったのち、帝釈天《たいしゃくてん》が供養《くよう》のために釈迦の遺体から取り出した歯を、捷疾鬼《しょうしつき》という鬼が盗んで逃げた。この捷疾鬼を八万四千由旬《ゆじゅん》追いかけて、歯を取り戻したのが韋駄天で、足の速さのみならず、盗難除《よ》けの神としても知られるようになったそうである。

韋駄天にはこの他、釈迦を始めとする仏道修行者のために諸国を駆け巡って食べ物を集めたという逸話があり、「御馳走《ごちそう》」という言葉の所以は、韋駄天の「馳走」——速く走り巡る——に謝意を込めた「御」がついたものだといわれている。

「亥太郎さんがそうして旨い店を巡るうちに、岡田屋《おかだや》がどんどん大きくなっていったんだ。ああ、岡田屋というのは亥太郎さんの勤《つと》め先で、いわば大坂の百川《ももかわ》みたいな——」

「百川は大げさや、歳永はん」

微苦笑と共に亥太郎は歳永を遮《さえぎ》った。

「ははは、まあ百川ほどではないやもしれんが、いまや大坂では名の知られた、味は百川に引けを取らない料亭なのだよ」

亥太郎が岡田屋の雑用を担うようになったことがきっかけで、息子は岡田屋に奉公することになった。息子はやがて一人前の料理人になり、五年前に岡田屋へ婿《むこ》入りした。

「倅《せがれ》のおかげで、晴れて楽隠居になれたんや。歳永さんとも隠居仲間を通じて知りおうてな。江戸にもようさん旨い物があると誘われて、歳永さんがお帰りになるんへ、くっついて来たんや」

妻はとうに――息子が奉公に出る前に――亡くなったが、江戸見物は妻の夢でもあったことから、息子は快《こころよ》く送り出してくれたと亥太郎は言った。

「孔雀の羽根は飛脚やった頃のお守りでな。孔雀は韋駄天の乗り物やさかい……せやけど、近頃、孫がこの羽根をくれくれうるそうてなぁ。羽根はやれんけど、代わりにこいつの刺繍が入った守り袋を土産にしょうと思うてな」

そう言って、亥太郎は懐から袱紗《ふくさ》を取り出した。

袱紗を開くと、一枚の孔雀の羽根が現れる。

羽根は上の部分のみだが、毛羽を入れると三寸余りある。

瞳のごとき真ん中の丸は紫みのある深い瑠璃《るり》色だ。その周りの青や更に外側の萱草《かんぞう》色、若苗《わかなえ》色、毛羽の胡桃《くるみ》色まで淡い光沢《こうたく》を帯《お》びていて、見方によって色や輝きが変化する。

美弥に墨を借りて、咲は羽根を丁寧《ていねい》に紙に写した。意匠は毛羽を短めに、守り袋の表一杯にできるだけ本物に近い刺繡を入れることとして、色合いも亥太郎と確かめながら細かく書き込む。

茶を出してくれた寿と共に、ひととき大坂の、主に食べ物の話に花を咲かせてから咲たちは腰を上げた。歳永がこれから亥太郎を越後屋へ案内すると言うのへ、咲も越後屋の前まで同行することにして、三人揃って桝田屋を後にした。

日本橋を渡ってしまうと、越後屋まで二町もない。

粋人の歳永は越後屋でも顔が利くらしく、歳永の姿を認めた手代がすぐに表へ出て来て声をかけた。

「では、私はここでお暇いたします」

咲が会釈をこぼす後ろから、「やっさ」「こりゃさ」「やっさ」「こりゃさ」と駕籠舁きのかけ声が近付いて来る。

「おっ、お咲さんじゃねぇですか」

通りすがりに駕籠を担いだ典馬が呼んだが、振り向いた咲が応える前に行ってしまう。

亥太郎が目を丸くして、駕籠を見送りながらつぶやいた。

「お咲さんはごっつう顔が広いんやな」

「お咲さんはもてるんだよ」と、歳永。「私の知り合いの錺師も、お咲さんにほの字らしくてね」

「そうなんや。まあ、不思議はあらへんな。こないなお人が独り身で、縫箔師ちゅうことが驚きや」

「お二方ともお上手《じょうず》で」

修次が話したのか、歳永の推察なのか。

なんにせよ、歳永は咲と修次のなんともいえぬ「仲」を知っているらしい。

改めて暇の会釈をした咲へ、歳永が愉《たの》しげに微笑んだ。

越後屋から離れてまもなく、後ろから再び駕籠舁きのかけ声を聞いた。

「やっさ」

「こりゃさ」

「やっさ」

「こりゃさ」

「あんたたち――」

聞き覚えのある声に振り向くと、案の定、しろとましろである。

「おっ、お咲さんじゃねぇですか」

「縫箔師のお咲さんじゃねぇですか」

典馬を真似《まね》て、にやにやしている。

「咲は顔が広いらしいな」

「駕籠舁きとも仲がいいらしいな」

「でもって、咲はもてるらしいな」

「錺師が咲にほの字らしいな」

「あんたたち、盗み聞きしてたのかい?」

「盗み聞きなんてしてまへん」

「してまへん」

「おいらたちは耳がええんや」

「ごっつう耳がええんや」

今度は亥太郎の上方言葉を真似て、くすくす笑う。

「いいかげんにおし。あんたたち、お遣いの途中じゃないのかい?」

「お遣いはもう終わったよーだ」

「お駄賃《だちん》ももうもらったよーだ」

口々に澄まして言うと、しろとましろは咲と並んで通りを北へ歩き始めた。

「おいらたち、これから菓子屋に行くんだ」

「美味しいお菓子を買いに行くんだ」

「ふうん。どこの菓子屋に行くのさ？」

己もおやつの茶菓子を買って行こうと咲が問うも、双子は応えずに通りのずっと先を見やった。

「あっ、修次だ」

「修次がいる」

「えっ？」

駆け出した二人を追って、咲も小走りになる。

「やっさ」

「こりゃさ」

「やっさ」

「こりゃさ」

前後になって、駕籠舁きの真似をしながら双子は松葉屋を通り過ぎる。

十軒店《じっけんだな》に差しかかってから咲も修次の姿を認めた。

人形屋・月白堂《つきしろどう》の前で、からくり人形を眺めている。

「やっさ」

「修次」

「こりゃさ」

「修次」

かけ声を変えながら、しろとましろが修次に駆け寄った。

「おう、お前たち――と、お咲さん。なんでぇ、今日は駕籠舁きのお遣いか？」

「ただの真似っこ」

「典馬の真似っこ」

「典馬ってぇと、おつるさんの長屋の店子の……典馬さんは駕籠舁きなのか？」

修次の問いに、しろとましろはそれぞれこくりと頷いた。

「お前たちは、なんで典馬さんの真似をしてんだ？」

修次が問うのへ、双子はにやにやしながら互いに囁《ささや》き合った。

「咲は……てるから」

「駕籠舁きにも……てるから」

「なんでぇ、もったいぶるなよ」

「いひひひひ」

「ひひひひひ」

眉根を寄せた修次を双子はからかい、そんな双子を一睨《ひとにら》みして、咲は歳永の友人から注文があったことや、越後屋の前でちょうど典馬が通りかかったことなどを話した。

「――そしたらこの子らもやって来て、菓子屋に行くってから、私もちょいとついて行こうとしたとこだったんだよ」

「ふうん。お前たちが勧める店なら間違ぇねぇな。よし、俺も長屋へ土産にすっか。その菓子屋ってのはどこにあんでぇ？」

「あっち」

「向こう」

通りの東側を指さして、しろとましろが歩き出す。

はたして双子が目指した菓子屋は、大伝馬町《おおでんまちょう》にある桂の実方の五十嵐《いがらし》だった。

「うん、ここのお菓子なら間違いないよ」

咲がくすりとしたところへ、店先の桂が目を丸くした。

「お義姉《ねえ》さん、いらっしゃいませ。――あ、あなたたちもまた来てくれたのね。今日はおとっつぁんと一緒なの？」

　顔を見合わせて、双子は同時に噴き出した。

「おとっつぁんだって」

「修次がおとっつぁん」

「お桂さん、この人は錺師の修次さん。修次さん、お桂さんは」

「太一《たいち》さんの嫁さんだったな」

　咲を遮って修次が言うと、桂が慌てて頭を下げた。

「お、お噂はかねがねお聞きしております。その、うちの人から……」

「ははは、いい噂だといいんだが」

「それはもちろん。でも、じゃあこの子たちは……？」

「こいつらは」

「友達だよ。私たちの友達さ」

　今度は咲が修次を遮った。

「ええと、片方がしろで、もう片方がましろってんだよ」

　今の咲たちなら二人を見分けられぬこともない。だが双子の様子から、自ら名乗ることはあっても、見分けられては困るようで、咲たちは触れぬようにしている。

桂を見上げて、しろとましろは胸を張る。

「そう。おいらは咲と修次の友達で、しろかましろ」

「おいらも修次と咲の友達で、しろかましろ」

「片方がしろ」

「もう片方がましろ」

「ふふふふふ」

「ふふふふふ」

再び顔を見合わせて忍び笑いを漏らしてから、しろとましろは腰に提《さ》げた守り袋から
それぞれ四文銭《しもんせん》を二枚ずつ取り出した。

「草餅《くさもち》一つください」

「おいらにも一つください」

それから咲たちへ振り向いて口々に言う。

「草餅は今しか買えないいんだぞ」

「蓬《よもぎ》が美味しい時にしか買えないいんだ」

「ふうん、あんたたち、よく知ってたね」

咲が感心してみせると、しろとましろは得意げになる。

「花野が草餅が好きだから」

「花野と草餅いっぱい食べた」

「ここの草餅は花野のお気に入り」

「江戸ではここの草餅が一番美味しい」

「まあ、嬉しいわ」

桂が喜ぶ傍《かたわ》ら、咲と修次は見交わした。

やっぱり、お花野さんは神鹿の化身なんじゃ……？

しろとましろは「お揚《あ》げ」に目がないが、花野は草餅が好物らしい。

「それなら、私も草餅を長屋へ土産にするよ。お桂さん、七つ包んでおくんなさい」

「じゃあ俺も。俺には五つ頼みまさ」

「かしこまりました」


草餅を手にすると、しろとましろは更に東の方へ「遊びに」行った。

「俺ぁ、せっかくだから、そこの煙管屋《キセルや》に寄ってくよ」

「煙管屋？」

「また一本、煙管を頼まれたとこなのさ。なんでも注文主は牡丹《ぼたん》さんの煙管を見たそうで、同じ牡丹じゃなんだから、意匠は百合《ゆり》でと言われているんだが、まだこれはという案がなくってな……」

それで気晴らしに散歩に出て来たという。

煙草入れは作っていても、煙草を吸わない咲は煙管屋は数えるほどしか訪ねたことがない。帰りを急いでいないこともあり、修次について覗《のぞ》いて行くことにする。

五十嵐から一町と離れていない煙管屋は「住吉屋《すみよしや》」といった。

修次に続いて暖簾《のれん》をくぐると、見知った顔が咲を迎えた。

「お咲さん――」

驚きを露《あら》わにした素が、咲と修次を交互に見やる。

「この人は職人仲間でね。錺師の修次さん」

駿にも伝えた言葉を咲は繰り返した。

「ああ、そうなんですか」

年嵩《としかさ》の店主と思しき男が素へ問う。

「なんだい？　お素さんのお友達かい？」

「こないだお話ししたお咲さん。ほら、縫箔師の……」

「ああ、あの！　いやはや縫箔師たぁ珍《めずら》しいね。先だっては大して話せなかったんだろう？　そっちで座ってゆっくりおしゃべりするといいよ」

にこにこしながら、店主は咲たちを上がりかまちへ促した。

修次が煙管をいくつか見せてもらうのを横目に、素が口を開いた。

「あの日、お遣いから帰るのが遅くなったから、お駿さんやお咲さんに会ったことを話したんです」

「ああ、それで私のことを」

「先日は驚きました。煙管を届けに日本橋には時々出かけるけれど、知り合いに会うことは滅多《めった》にないから……今年のお正月、お駿さんが長屋に来た時、私はうちの人の家に挨拶に行ってて留守《るす》にしていたんです。お駿さんはたまにおうのさんの顔を見に長屋に来るけれど、私がここで働き始めてからはお正月くらいしか顔を合わせる機会がなくて、本当に久しぶりに会ったんですよ。とはいえ、お咲さんほどじゃないけれど」

「私も驚きましたよ。お二人が一緒だったから、もしや、お駿さんが出戻ったのかと勘繰ってしまいました」

「まさか」と、素はくすりとした。「あの人は相変わらず、よろしく暮らしているそうです。お店の手伝いは不要、家仕事も女中がほとんどしてくれるとかで、暇を持て余していると言ってたけれど」

「そうらしいですね」

駿が翌日長屋へ訪ねて来たことを話すと、素は苦笑を浮かべた。

「典馬さんのこと、お駿さんは長屋でおうのさんや他のおかみさんにも話して行きましたよ。その日、家に帰ったら、私もおかみさんたちにいろいろ訊《き》かれました」

「そんなこったろうと思いましたよ」

小さく鼻を鳴らし、呆れ声で咲は典馬とは――修次とも――男女の仲ではないことを素にも伝えた。

「お駿さんは噂好きだから、お咲さんのことは格好の話の種だったんですよ。うちのことでさえ、あれこれ聞きたがるから困ってます。私がこちらで働き始めた時も、うちの人が借金をこさえたんじゃないか、それでうちの人と仲違《なかたが》いしたんじゃないかって根も葉もない噂が立って――後で噂の出処はお駿さんとおうのさんだったと判ったんです」

「お婿《むこ》さんをもらったんですね……？　お子さんも？」

「ええ。うちの人もこちらのお店のつてで知り合いまして――」

素の父親は栄衛《さかえ》という煙管師で二代目だ。住吉屋とは祖父の――初代の――生前からの付き合いだという。

素の夫は武具屋の次男で、自身はそうでもないが父親と兄が煙草呑《の》みなことから住吉屋によく来ていた。武具屋はそう大きくなく、兄が嫁取りして肩身が狭くなっていた折に住吉屋が素と引き合わせたそうである。

「手仕事が得意で、とうが立っているけれど拵屋《こしらえや》や兜師《かぶとし》に弟子入りしようかと話していたそうで……武具じゃないけど、煙管作りは楽しんでいるみたいです」

咲が今の長屋に引っ越して数箇月後のことで、あれよあれよと話がまとまり、翌年には長男が、その次の年には長女が生まれた。

住吉屋の店主はやもめで、娘夫婦がいるものの奉公人を雇《やと》うほどの店ではない。給金もそう出せぬため、素のような日中のみの通いがちょうどいいらしい。

「うちにもちょうどよくて……うちは狭いから、日中も私や子供たちがいたら、おとっつぁんもうちの人も仕事に身が入らないもの。こちらの娘さんにもうちと似たような年頃の子供がいるので、うちの子たちもまとめて面倒みてくれているんです。おかずもよくおすそ分けしてくれるから、とても助かってます」

素の父親と店主は煙管師と煙管屋ということの他、二人とも早くに妻を亡くしたことや、子供が娘一人であること、互いに婿取りをしたことなどが重なって親しくしているようだ。

「ちっとも知らなかった。ちょうどよいことばかりで何よりです」

咲が微笑むのへ、素もにっこりとする。

「お咲さんはお忙しいから……お咲さんのことはたまに耳にしていました。ほら、その五十嵐のお桂さんが、お咲さんの弟さんとずっと親しくされていたから。先月は妹さんも嫁入りされたとか。実は五十嵐や十軒店の方でお咲さんをお見かけしたことが幾度かあったのだけど、なんだか声をかけそびれちゃって」

「ははは、私はせっかちで早足ですからね」

しろとましろに言われたことを思い出して咲が笑うと、「ふふっ」と素も笑みをこぼした。

「それもあるけれど、お咲さんはその……」

「私が何か?」

「ほら、女の職人さんだから、初めのうち、おうのさんやお駿さんから変わり者扱いされていたでしょう?」

修次が微《かす》かに噴き出したのは、自身の台詞《せりふ》を思い出したからだろう。

——あんた……相当な変わりもんだな——

出会ってまもなく、修次は咲に面と向かってそう言ったのだ。

「そうだったのかい？」

遠慮を忘れて、すっかりいつもの口調で問い返した咲へ、素は微苦笑と共に頷いた。

「朝早くに出かけて、夕方帰って来ても、あんまりみんなとおしゃべりしなかったでしょう。おうのさんが持ってきた縁談もことごとく断るから、私もお咲さんはどこか変わり——とっつきにくい人だと思っていたのよ」

致し方ないことではあった。

前の長屋に引っ越したのは、啓吾と気まずくなったからで、奉公人の立場で弥四郎宅を出ることができたのは、ひとえに弥四郎やその妻のよりの厚意ゆえだ。なけなしの給金は家賃でほぼ消えたため、よりに言われて朝と昼は弥四郎宅で、夜はよりが握り飯とおかずを持たせてくれた。皆が朝餉の支度《したく》をしている間に洗濯《せんたく》し、素が言うように朝から晩まで留守にしていたため、時折誰かと湯屋を共にする他は、おしゃべりする時がほとんどなかった。

三年後、啓吾の祝言を機に咲は独り立ちしたものの、縫箔の代わりに繕いものや袋物、着物を縫う日々に追われた。結句、皆とそこそこ打ち解けたのは、暮らしにゆとりができた最後の半年ほど——駿が嫁入りした後——だったように思う。

「私もおうのさんが勧める縁談には乗り気じゃなかったし、お咲さんは家で仕事をするようになってからも、ずっと忙しくしていたから、声をかけづらかったの」

「それは私もおんなじだよ」

「お咲さんも？」

「お素さんは、おっかさんの代わりに家のことをして、おとっつぁんの邪魔にならないようにって昼間は働きに出てただろう？　あの頃はここじゃなくて、川北の湯島の方の煮売屋で……おうのさんに悩まされた者同士、たまには愚痴《ぐち》り合えたらなんて思ってたけど、なかなかそんな折がなくて……長屋じゃそんな話はできないからね」

「そうだったのね」

目を細めてから、素は躊躇いがちに切り出した。

「……私、実はあの頃、好《す》いた人がいたの。お咲さんとはそういう話もしたかったわ」

「うん？　そりゃ初耳だぞ」と、店主が横から口を挟んだ。

「昔のことだもの。その人は跡取りだったから、たとえ相思になってもお婿さんにはなってくれなかったわ。その人のことはもうなんとも思っちゃいませんし、隆太《りゅうた》さんに出会ってからは、隆太さん一筋ですから」

素の夫は隆太という名前らしい。

「おや、そいつはそいつでご馳走さまだね」

からかう店主へ肩をすくめてみせてから、素は咲へ微笑んだ。

「時々、お咲さんはどうしてるだろうって思ってた」

「そうかい？」

「ええ。だって、私は職人になろうなんて――女でも職人になれるなんて考えもしなかった。ずっと、いつか私がお婿さんをもらうんだろう、じゃないと『煙管師栄衛』は二代で終わっちゃうって思ってたから……それで時々、お咲さんみたいに、私が職人になってたらどうだったたろう――なんて考えることがあるの。でも本当に、たまにちょっぴりだけよ。頼りになる夫がいて、二人の子供に恵まれて……お駿さんほど裕福じゃないけれど、私は今の暮らしが一番だもの」

考えもしなかった、というのは嘘だろう。父親と二人暮らしが長かった素は、一度ならず職人に――父親の跡継《あとつ》ぎとして三代目栄衛に――なりたいと願ったことがあったのではなかろうか。また、もしや一人娘でなかったら、あの頃「好いた人」と一緒になっていたやもしれない。

だが同時に、「今の暮らしが一番」だという言葉はすんなり「本当」だと信じられた。

「私も時々……今とは違う暮らしを思い浮かべることがあるよ」

もしも――

もしも女中奉公のままだったなら、啓吾さんと夫婦になっていたやもしれない。啓吾さんでなくとも誰かの「おかみさん」になって、今頃はお素さんみたいに、一人二人、子供に恵まれていたやもしれない――

「でも、私もなんだかんだ、今の暮らしが一番なんだよ。お金持ちにはほど遠くて、毎日地道に働かなきゃならなくてもね」

口角を上げた咲に素も応えて、二人して忍び笑いを漏らした。

「知っての通り、五十嵐にはたまにお菓子を買いに来るからさ。だからまた……」

「ええ、是非また寄ってちょうだい」

これもまた、あの子たちの「縁結び」だろうか？

素との思わぬ再会を喜びつつ、咲は住吉屋を後にした。

翌朝。

意匠を丁寧に描き直して、咲は早速、亥太郎の注文の守り袋を縫い始めた。

まずは羽根の真ん中の瑠璃紺を、紫紺《しこん》の糸を交えて微かに色合いを変えながら、細かい針目で縫っていく。丸団扇《まるうちわ》の頭のような形で、人の瞳とは裏腹に中心の方がうっすら淡い色をしていたが、孔雀の羽根はやはり「目」にたとえられることが多く、「目玉模様」だの「百の目」だのといわれているらしい。

守り袋の中心よりやや下の方に「瞳」の瑠璃紺を縫ってしまうと、次はその周りに瑠璃色や群青《ぐんじょう》色など少し明るい青を入れていった。

そうこうするうちに一刻余りがあっという間に過ぎて、九ツまで半刻ほどとなった頃、遊びに出かけた勘吉の代わりに大家の藤次郎が客を知らせた。

「お咲ちゃん、桝田屋のお客さんがおみえだよ」

「お客さんが？」

志郎や寿でなく、何ゆえ客が直《じか》に訪ねて来たのだろうかと訝りながら梯子《はしご》を下りると、客は歳永と亥太郎だった。

「あの、注文に何か……？」

「出し抜けにすまないね」と、歳永。「守り袋の他に、ちょっとお咲さんに頼みごとができたものだから」

注文の変更や取り消しではないと知ってほっとしたが、「頼みごと」は縫箔ではないようだ。

歳永に促されて、亥太郎がおずおずと口を開いた。

「昨日、越後屋の前で、駕籠舁きがお咲さんに声をかけてったやろう?」

「ええ」

「あの駕籠舁きの名は、典馬はんやないですか?」

「そうですけれど、典馬さんをご存じだったんですか?」

「せや……典馬はんは、私のことは覚えとらんやろうが……典馬はんは、その昔、私が借金を踏み倒した友達の子や」

　はっとした咲を見て、亥太郎は恥ずかしそうに目を落とした。

「いいや、借金を踏み倒すようなやつは、友達でもなんでもあらへんな……」

　亥太郎の友人――典馬の父親――もやはり飛脚で、名を典正《のりまさ》といった。

「私は大坂、典正は八幡《はちまん》――近江の――飛脚でな。同い年で、道中一緒になることが多くて、すぐに仲良うなったんや。ほれ、典正の『典』は『てん』とも読むさかい、二人合わせて韋駄天やぁ、よういわれたわ。せやさかい、いずれ二人で飛脚屋をやろう、店の名は『韋駄天』にしよう、なんて話したもんや」

　束の間浮かべたやるせない笑みを打ち消して、亥太郎は続けた。

「私が二十一、典正が二十二の時にそれぞれ嫁をもらって、お互い二十三で息子を授かって、しばらく兎《うさぎ》の登り坂やったんやが……結句、私が足を痛めて、典正から借りた金も返せんで、大坂でうだうだしよるうちに典正は近江で亡くなってもうたんや」

　翌年、三十一歳の時に亥太郎の妻も亡くなり、二年後には息子が十一歳で奉公に出た。暮らしにいくらかゆとりができた亥太郎は、少しずつでも借金を返すべく、久方ぶりに近江を訪ねてみたものの、典正の妻子は行方《ゆくえ》知れずとなっていた。

「行方知れず――」

「なんでも、親類が持って来た後妻話をおまゆさん――典正のおかみさんが厭《いと》うて、典馬はんを連れて夜逃げのごとくいなくなったそうや。あれからもう、一回りも年が過ぎてもうた。典馬はんもあないに大きゅうなって……せやけど一目で典馬はんやと判ったわ。声や後ろ姿が典正にそっくりやさかい。まさか、江戸におるとは思わなんだ……」

　声を震わせた亥太郎の横から、歳永が訊《たず》ねた。

「お咲さんは典馬さんと親しいのかい？」

「それほどでも。その……知り合いと同じ長屋に住んでいて、顔を合わせたことも数えるほどしかありません」

　束の間言葉に詰まったのは典馬のことではなく、つるやまさを「友人」と呼ぶか否か迷ったからだ。

「そうだったのか」

歳永と亥太郎が揃って眉尻を下げた。

「ほな、おまゆさんのことも……」

「存じません。ただ、典馬さんは一人暮らしです」

咲は長屋の幸《さち》と、まさの家で一晩過ごしたことがある。その折にまさが長屋の者に咲たちを紹介して回ったが、まゆという名のおかみはいなかった。

「けど、今、私が頼れるのはお咲さんだけや。こうしてお江戸で典馬はんに巡り合わせたんは天の配剤や。せやさかい、是非とも典正の代わりに典馬はんに詫《わ》びさしてもろて、長年の借金を返したいんや。お咲さん、どうか頼んます。典馬はんに橋渡ししてもらえまへんか？」

「わ、私でお役に立てるなら——お話ししてみるだけならいくらでも」

亥太郎が畳に額をこすりつけんばかりに頭を下げるものだから、咲は慌てて仲立ちを諾《だく》した。


その日のうちに咲は典馬の長屋を訪ねた。

典馬は亥太郎の申し入れは快く諾したものの、狭い長屋には招きづらい、一人ではどうも気後れすると言うので、結句咲が同行し、歳永が手配りした料亭で待ち合わせる運びとなった。

一日置いた、如月は十六日の夕刻。

歳永の行きつけの本銀町《ほんしろがねちょう》の料亭・鴇巣《とうのす》で、咲は再び亥太郎たちと顔を合わせた。

金の包みを差し出して、亥太郎は此度ははっきりと額を畳にこすりつけた。

「こないに遅なって申し訳おまへん。今更ですけど、どうか堪忍《かんにん》しとくんなはれ」

「やめてくだせぇ」

二日前の咲のように典馬は慌てた。

「せやけど、私が借金を踏み倒したんで、典正は――あんたはんのお父さんは苦労したやろう？　結句、あないに早う亡くなってもうて……」

「親父が死んだのは、亥太郎さんやお金のせいじゃありやせん」

屈託《くったく》のない目をして典馬は言った。

典馬曰く、典正は足を捻《ひね》った飛脚仲間のために、大坂まで往復してすぐ新たな飛脚を請け負った。休みなく走り続けた典正は、大坂から二度目に帰った途端、胸を押さえて倒れ、そのまま息を引き取ったという。

「親父は仲間のために走って、結句無理が祟《たた》ったんだと、でも親父はそういう人だったから――でもって、走ることが本当に好きだったから――悔いはないだろうって、おふくろは言っていやした」

「そうかもしれへんけど、私の時はちゃう」

「ですが」と、咲は思わず口を挟んだ。「亥太郎さんが借金したのは、足を痛めたからだったのでは？」

「それが違うんや」

頭を振って、亥太郎は咲、それから典馬を見つめた。

「息子が二歳になった後、かみさんが病に倒れてな……薬礼がかさんで、二年ほどでにっちもさっちもいかんようになったんや。せやけど私は見栄《みえ》を張って、仲間には借金を頼まれへんかった。代わりに――今考えたらどうしょうもない阿呆《あほう》なことやけど――悪いやつらの届け物を引き受けて、法外な金をもらおうとしてん」

仲間を通じて亥太郎の妻が病に臥《ふ》せっていることや、薬礼が溜まっていること、ならず者の、おそらくよからぬ届け物を引き受けたことを知った典正は、すぐさま己の飛脚屋のために貯《た》めていた虎の子を亥太郎に届けた。

――この金を使えや――と、典正は言った。

「ならず者に借りを作ったらあかん、ただの届け物でも悪事は悪事、やつらのために走るなんてもっての外《ほか》や――となあないな形相《ぎょうそう》の典正は初めて見たで。それで私は目ぇ覚めて、やつらの仕事は断った。典正がようさん貯め込んどってくれたおかげで、かみさんもなんとか持ち直した。せやけど……せやけどな、私がぎりぎりで仕事を断ったさかい、私はやつらの恨《うら》みを買うてもうたんや」

人気《ひとけ》のないところで襲われて、亥太郎は足の骨を折った。骨はやがてつながったものの、以前のようには走れなくなり、飛脚は辞めざるを得なかった。

「典正とはな、いつか『韋駄天』ちゅう飛脚屋をやろう言うてたんや」

「親父から聞きやした。亥太郎さんの『亥太』と親父の『典』――二人合わせて『韋駄天』だとよく言われたって。それで二人の店の名は『韋駄天』にしよう、いつか一緒に江戸まで走ろうって、約束してたんですよね？　亥太郎さんも親父も互いの店で一番足が速くて、たまに客たちが金を賭《か》けて競《きそ》わせようとしたけれど、二人は仲がいいからどうせいかさまされて、二人が儲《もう》けるだけだと諦めたって」

「そんなんもあったけど、私が足を痛めるずっと前の話や……走れんようになって、私は典正に合わせる顔がのうなって、典正がなんも言うてこんのをええことに、一文も借金を返さんかった。そうしてあっという間に四年が過ぎて、典正が亡くなったと聞いたんやけど、私は」

絞り出すように言った亥太郎を、典馬が遮った。

「その前に、おかみさんがまた病に倒れたんですよね？　親父は亥太郎さんのことを気にかけてて、時折大坂で亥太郎さんの様子を人に訊ねていたみてぇです。亥太郎さんのこと、親父が死ぬ少し前に改めて聞きやした。『おとんには、亥太郎ちゅう親友が大坂におってなぁ』って……亥太郎さんのことはその前にも時々話してくれてたようだけど、俺ぁまだ小さかったからよく覚えていなくて……けれども、こん時聞いたことはいまだちゃあんと覚えていやす」

――もしかしたら、また金がいるかもしれん。亥太郎のかみさんがまた、床《とこ》に臥してしもうたようや――

そう妻のまゆに伝えたのち、典正はまだ八歳だった典馬に亥太郎のことを語ったのだ。

「……おまゆさんはよう思てへんやったろう？　盗人《ぬすっと》に追い銭みたいなもんやさかい、私を恨んどったんやないか？」

「まあ、一も二もなくという訳には……」と、典馬は苦笑を漏らした。「ですが、亥太郎さんを恨んでなんかいやせんでした。亥太郎さんは親父の親友で、親父もおふくろもただ、亥太郎さんやおかみさん、息子さんを案じていただけでさ。二人とも亥太郎さんが料理屋で働いてることを知っていて、いずれ金が貯まったら、きっと返してくれるって信じていやした」

「せやったか……」

「あいにく親父はその日を知らずに亡くなりやしたが、おふくろや俺は知ってやす。亥太郎さんが、近江まで金を返しに来てくれたこと」

「せ、せやったんか?」

「ええ」

あっけらかんと頷いて、典馬は微笑んだ。

「おふくろの友達が文で教えてくれたんです。ちょうど一回り前だったかな。近江の長屋には経師屋《きょうじや》がいたんですが、そこの娘さんがおふくろの幼馴染みでして、あの長屋に住み始めたのも、そのお人が空きを教えてくれたからでして」

「あ、ああ、覚えとる。あの長屋は幾度か訪ねたことがあったさかいな。あんたはんらが行方知れずだと教えてくれたんも、その女の人や」

「その人は亥太郎さんが借りを返しに来たと知って、俺たちの行方を話してしまいたくなったそうですが、『誰にも言わない』とおふくろと約束してたから、仕方なく黙っていたそうなんでさ」

にっこりしたのち、典馬は懐かしそうに切り出した。

「……親父が逝《い》ってから、俺たちにもいろいろありやした。おふくろにはその気はねぇのに、親類があんまりしつこく後妻話を勧めるもんだから、おふくろは堪忍袋の緒《お》を切らして、翌年、俺を連れて逃げたんでさ」

「うむ、そう聞いたでな」

「俺たちはお伊勢《いせ》さん参りの人たちに紛れて江戸に着きやした。幸い、道中一緒だった人はみんないい人で、西も東も判らねぇ俺たちをあれこれ助けてくれやした。おふくろの女手一つで、知らねぇ土地でやってくのは大変でしたが、まあ、なんとかかんとか生き延びやした」

　二年を経て、江戸の暮らしや言葉に慣れた頃、まゆは幼馴染みから亥太郎の来訪が書かれた文を受け取った。

　――やっぱり返しに来てくれてん。あの人が見込んだ友達やからね――

「そう言って、おふくろはすごく喜んでいやした。おふくろは三年前に風邪をこじらせて逝っちまいやしたが、親父と亥太郎さんのことは時々、思い出しては話してくれやした。中には呆れた話もありやしたが、いい想《おも》い出《で》ばかりでさ。ただ、亥太郎さんのおかみさんに会えなかったことは、心残りだったみてぇです」

「うちもや。うちのかみさんも、おまゆさんに会いたがってた。典馬はんにも」

間に置かれたままの金の包みを見やって、典馬は懐から袱紗を取り出した。

「これ、おふくろから——いや、親父から預かっていやした」

袱紗を開くと、亥太郎のものと酷似《こくじ》した孔雀の羽根が現れた。

「あっ……」

つぶやいて、亥太郎は目頭に手ぬぐいをやった。

「昔、天神祭《てんじんさい》を二人で見に行ったそうですね。親父から聞きやした。その年は孔雀の見世物が来ていて、抜けた羽根を売っていて、二人とも一枚ずつ買ったとか。孔雀は韋駄天の乗り物だから……」

「せや。えらい吹っかけられたが、天神さんのお守りより効《き》き目がありそうやと思うて買うたんや」

「借金の形《かた》だから大事に仕舞っといてくれって、おふくろに頼んでいやした。——お返ししやす」

「形やない。証文や」

そう言って、亥太郎も懐から孔雀の羽根を取り出した。

「あっ。ってえこた、失くしたんじゃなかったのか——はははは」

二枚並んだ羽根を見て、典馬が笑い声を上げた。

「親父の血を継いだのか、俺もそこそこ足が速いんで、本当は飛脚になりたかった。けれども親父があんな風に亡くなったからか、おふくろにとめられやしてね。俺もおふくろを置いて朱引《しゅびき》の外に出るのは不安で、結句駕籠舁きになりやした。この羽根は、駕籠舁きになった時におふくろから渡されたんです」

　――あの人の羽根はどこかで失くしてしもたみたいやけど、これはもうおとんのものやさかい、あんたのお守りにしたらええ――

　亥太郎が差し出した包みには、切り餅――二十五両――が包まれていた。

「親父が貸したのは八両だったと聞いていやす。八両だけいただきやす」

「あかん。ほんなん私の気がすまへん。残りは利息とご両親への見舞いや思うて、どうかそっくり収めてや」

　困り顔で典馬は咲を見やったが、咲が口出しすることではない。

　しばし切り餅を見つめたのち、典馬は微笑んだ。

「そんなら、貸しにしといてくれやせんか？　実は俺も相棒と、近々一緒に店をやろうって話してんです。そのためには先立つものが要《い》りやすからね」

「店を？」

「駕籠屋じゃねぇです。飛脚もそうだけど、駕籠舁きもいつまでもやれやしやせん。せいぜい三十路までですさ。でも、担げなくても、走れなくても――ちぃとばかり歳を取ってても――町を回りてぇもんは大勢いやす。俺と相棒はそういうもんが働ける、市中の御用聞きの万屋《よろずや》をやろうと思っていやす」

「御用聞きの万屋……」

「飛脚に頼むほど急ぎじゃねぇ文や言伝《ことづて》、品物を届けたり、菓子や香を買いに行ったり、年寄りや子供のお伴をしたり――なんてのを、手広く引き受けるつもりでさ」

「そうか……そらええ案やな」

「それから、俺たちも店の名は『韋駄天』にしようかと話していやす。親父や亥太郎さんの話を聞いてたせいもありやすが、先だって得意客の坊さんから練香の買い物を頼まれやして、そん時にちとこのお守りの羽根を見したんでさ。そしたら坊さんが、韋駄天は足が速いだけじゃなく、『馳走』の所以《ゆえん》にもなった神さんだと教えてくれたんで」

――韋駄天がお釈迦さまや弟子たちに食べ物を運んで来たことから、食べ物に限らず、人のために走る――苦しむ人々を助けたり、人をもてなしたりすることを「馳走」というようになったんですよ――

「そんなら俺たちの店も『韋駄天』でいいじゃあねぇか、みんなに馳走する店にしようじゃねぇか、ってことになったんでさ」

「ははは、そうかそうか、あんたたちの店も『韋駄天』か」

ようやく典馬と同じく屈託のない笑みをこぼしてから、亥太郎は問うた。

「ほな、羽根はこのまんまでええか？」

「はい。証文としてこれまで通り、親父の羽根は亥太郎さんが、亥太郎さんの羽根は俺が持っとくことにしやしょう。金はいつか――いや、次の寅年《とらどし》までには必ずお返しいたしやす。それまでどうかお達者《たつしゃ》で。江戸にもまた、いつでも遊びに来てくだせぇ」

「典馬はんもな。よかったら、折を見て大坂に遊びに来てや。旨いもんをいくらでも食べさしたる――馳走したるさかい」

「はい。いつか是非」と、典馬は再び力強く頷いた。「けど、まずはここで馳走になりやす。俺ぁ、こんな評判の料理屋に来るのは初めてでして……」

「ほな、たんとお上がり」

それぞれ孔雀の羽根を元通りに仕舞いながら、亥太郎と典馬が微笑み合う。

そんな二人を横目にしたのち、咲は歳永と笑みを交わした。


――典正とは、一緒に大坂や近江に向かうこともあれば、道中ですれ違うこともあった。不思議なことに、道中で会う時は大概《たいがい》、いつもまだ姿が見えん時から、それとのうあいつが近付いて来るのが判ったもんや――

料亭で亥太郎が典馬に話したことを思い出しつつ、咲は孔雀の羽根の続きを縫った。

足の速さを見込まれていた亥太郎や典正は、飛脚の中でも殊《こと》に急ぎの仕事を請け負うことが多かった。

――そやさかい、道中はほとんど話したことがなかったな。互いの息と足音が聞こえるだけで――

咲は朱引の外に出たことがないが、時折、柳原や御成《おなり》街道を走る飛脚を目にすることがある。

駕籠舁きと違って、飛脚は基本一人で走る。

それでも――

住処《すみか》は離れていても、言葉を交わさずとも、大地を蹴って行く喜びや苦しみ、飛脚の矜持《きょうじ》や心意気を共にする仲間の存在は、どんなに心強いことか。

ううん、飛脚に限ったことじゃないね……

修次を始め、弟にして塗物師の太一、長屋で「共に」一人黙々と仕事をする福久、しま、路、由蔵に藤次郎、それから紅《べに》職人の牡丹、人形師の英治郎《えいじろう》、櫛師の徳永《とくえい》や知り合ったばかりの仕立屋の参太郎の顔を次々思い浮かべながら、咲は針を進めた。

そうして縫い上げた守り袋を二十日に桝田屋に納めてしまうと、翌日の四ツ過ぎに修次の長屋を訪ねた。

秋海棠の簪入れの意匠を煮詰めるためである。

簪と入れ物で意匠をそっくり揃えるか。とすると、花の大きさまで揃えるのか、違えるのか。

冴《さえ》に作った袱紗のように、一捻りして合わせる形にするか。とすると、簪を入れ物の上に置いて合わせるか、続き絵のごとく隣りに置いて合わせるか。

互いに描いた秋海棠の意匠を見せ合いながら、半刻ほど知恵を出し合った。その上で二人がよしとした三つの下描きを描き直して、杏輔に選んでもらうことにする。

墨が乾くのを待つ間に、修次が切り出した。

「先日、典馬さんと鴇巣へ行ったんだってな？」

「どうして知ってんのさ？　ああ、判った。歳永さんだね？」

「ああ、おとといちょいと顔を合わせてよ」

「じゃあ、鴇巣での用事も聞いたんだろう？」

「それが、お咲さんとの話の種にすりゃあいいと、委細は教えてくれなかったんだ。だからこうして、話の種にしてんのさ」

そう言って修次は苦笑を浮かべてみせた。

「どうせ俺を焚《た》き付けようって肚《はら》だろう、その手にゃ乗らねぇと取り合わなかったんだが、やっぱり気にかかって仕方ねぇからよ」

修次の潔《いさぎよ》さに咲も苦笑を浮かべつつ、亥太郎と典馬の父親の友誼《ゆうぎ》を語った。

「――ふうん。とすると、あいつら、あん時はもうお見通しだったんだろうな」

しろとましろが駕籠舁きの真似ごとをしていた時のことらしい。

「どうだろうね?」と、咲はくすりとした。

双子の「お見通し」はままあるようだが、お遣いの範疇《はんちゅう》でない事柄には、どうも行き届いていないように咲には思える。ただ、二人が神狐――稲荷大明神の遣い――ならば、知る知らぬにかかわらず、「縁結び」に一役買っている気がしないでもない。

「典馬さんとじゃなくたって、鴇巣に行ったと聞いちゃ気になるさ。あすこは一見客は入れねぇそうだからな」

取り繕《つくろ》うように言う修次が可笑しく、咲は再びくすりとする。

と、微かにむくれた顔をするものだから、咲は笑い出さぬよう苦心した。

「歳永さんの行きつけだけに、先付《さきづけ》から水菓子までどれも滅法美味《めっぽうおい》しかったよ」

「そうか」

「でも、ああいう料理屋は私にはどうも堅苦しくてさ。やっぱり食事はもっと気安いとこのがいいよ。柳川とか、山川屋《やまかわや》とか」

「そうか」

嬉しげに目を細めた修次を、咲は昼餉に誘った。

「亥太郎さんから、橋渡しの心付をたっぷりいただいたからさ。今日は私に馳走さしとくれ。山川屋はどうだい？　というのも、こないだの草餅が長屋のみんなに人気でね。今日も土産にしたいのさ」

稲荷寿司と厚揚げが評判の山川屋は、五十嵐からほど近い浮世《うきよ》小路《しょうじ》の先にある。

「俺もつい昨日、いい実入りがあったばかりだ。だから、せめて草餅は俺に馳走さしてくんな」

頷き合って通町《とおりちょう》を南へ行くと、月白堂の前にしろとましろがいた。

二人が此度眺めているからくり人形は、二羽の餅つき兎で、一羽が杵《きね》を突くと、もう一羽が返し手を入れる。

咲たちが後ろに立つも双子は気付かずに、兎を眺めて囁き合った。

「この兎たちもまだまだだな」

「うん、まだまだだ」

「ちょびっとしか動かないもの」

「人の手を借りないと動けないもの」

茶運童子《ちやはこび》の時もそうだったが、しろとましろは餅つき兎もいずれは――おそらく自分たちと同じように――自由に動き回れるようになると信じているようである。

咲と見交わしてから、修次が声をかけた。

「おい、お前たち」

「わぁっ」

「わぁっ」

揃って声を上げて双子が振り向く。

「なんだよぅ」

「驚かすなよぅ」

「お前たちこそ今日はなんだ？　俺の真似っこか？」

修次が言うのへ、双子は驚き顔のまま頷いた。

「そ、そう。修次の真似っこ」

「こないだの修次の真似っこ」

「ここのからくり人形は手が込んでるから、ついつい見入っちまうんだよなぁ」

「ありがとうございます」

如才《じょさい》なく微笑んだのは月白堂の文七《ぶんしち》だ。

文七は年明けに、四代目楠本《くすもと》英治郎にして実は女の貴《たか》と夫婦になった。

「お貴さんの具合はどうですか？」

貴は美弥と同じ頃に懐妊したようで、師走に咲が人形の着物を請け負った頃は悪阻《つわり》に悩まされていた。

「上々です。赤子もよくお腹を蹴っておりまして」

「そりゃ何よりです」

咲たちが山川屋と五十嵐へ行くと知って、しろとましろは目を輝かせた。

「おいらたちも」

「おいらたちも行っていい？」

「もちろんだよ。ね、修次さん？」

「あ、ああ」

今日はそれとなく、双子と鉢合わせそうな気がしていた。ゆえに咲は一も二もなく頷いたが、修次は心なし躊躇った。自惚《うぬぼ》れやもしれないが、二人きりでなくなったからだろうかと推察して、咲は図《はか》らずも口元を緩《ゆる》めた。

ひそひそと、此度は咲たちに聞こえぬ声で内緒話を交わしてから、双子は揃って得意げに胸を張った。

「おいらたち、お礼をもらったばかりなんでい」

「たっぷりもらったばかりなんでい」

「火事の時、手伝ったから」

「お遣いじゃないけど、たくさん手伝ったから」

「へえ、そりゃよかったね」

咲が相槌を打つと、双子は顔を見合わせてからにっこりとした。

「だからね、今日は」

「今日はおいらたちの奢《おご》り」

「なんだって？」

耳を疑った咲へ、双子は今度はにやにやした。

「咲にはこないだのお礼として」

「修次は咲のおまけとして」

「なんだそりゃ？」

「ふふ、冗談に決まってるだろ」

「決まってるだろ」

眉尻を下げた修次をからかって、しろとましろは照れ臭そうに続けた。

「いつものお礼」

「二人ともいつも馳走してくれるから」

「今日はおいらたちが馳走する」

「たまにはおいらたちが馳走する」

「なんでぇ……」

これまた照れ臭そうにつぶやいてから、修次が咲を見た。

双子の「たっぷり」とはいかほどだろうか。以前川開きで、顔を突き合わせたのちに二つ四十文の飴《あめ》を買っていたことから、二人併《あわ》せてせいぜい百文ほどではなかろうかと咲は踏んだ。五十嵐の草餅は一つ八文ゆえに咲たちの分だけでも十六文かかる上、山川屋で稲荷寿司や厚揚げをそれぞれ頼めばあっという間になくなりそうである。

束の間頭を巡らせて、咲はややかがんで双子を交互に見やった。

「そんなら、いつものお礼として草餅はあんたたちに馳走してもらおうかね。でも、山川屋のかかりは頭割にしようじゃないの。というのも、私と修次さんも思わぬ実入りがあったばかりでさ。互いに昼餉を馳走し合おうって話してたんだんだよ。だから、あんたたちもそれに交ぜたげる」

「あたまわり？」

「あたまわり？」

それぞれ小首をかしげた双子へ、咲は付け足した。

「頭割ってのは、人数に応じてお金や物を等しく分けることだよ。二人なら半分こだけど、今日は私たちとあんたたちと四人だから、かかりを四つに割って、一人が一つ分払おうってのさ。家族や友達同士ではよくある手だよ。ああでも、一つ分でも、此度は自分の分じゃないよ。此度はそうだね——しろが私に、私がましろに、ましろが修次さんに、修次さんがしろに、四人で馳走し合おうじゃないの」

顔を見合わせて、しろとましろは少しばかり咲たちから離れて、しばしひそひそ話し合った。

やがて戻って来ると、咲たちを見上げて「合点だ」と声を揃える。

「五十嵐ではおいらたちが草餅を買う」

「咲と修次に一つずつ買う」

「うん」

「山川屋ではおいらが咲に馳走する」と、向かって左のしろが言った。

「おいらが修次に馳走する」と、向かって右のましろも言う。

「そうだ。でもって、俺がしろに」

「私がましろに馳走する――それでいいね？」

咲が念を押すと、今度は修次を交えて三人が口を揃えた。

「合点だ！」

破顔した三人を促して、咲はまず山川屋へと足を向けた。

第三話　相槌《あいづち》

最後の糸を切って鋏《はさみ》と針を置くと、咲《さき》は一つ大きく伸びをした。

明日、弥生《やよい》は朔日《さくじつ》に桝田屋《ますだや》へ納める守り袋を二つ、瑞香堂《ずいこうどう》へ納める匂い袋を一つ並べて悦《えつ》に入る。

匂い袋の意匠《いしょう》は常式《じょうしき》で変わり映《ば》えのしないものだが、守り袋は卯《う》年生まれのための兎《うさぎ》と、辰《たつ》年生まれのための龍の意匠だ。

今までの守り袋は、子供たちが手習いに通い始める歳がおよそ七歳であることから、年明けて六歳か七歳になった子供たちの干支《えと》を象《かたど》った意匠を多めに縫《ぬ》ってきた。しかしながら、朔《さく》の一件から、奉公に出る者の親兄弟にも売り込めると考えて、此度《こたび》は今年十一歳か十二歳となった子供たちの干支を意匠にしてみた。また、美弥《みや》によると一人二人、十二支全ての守り袋を揃《そろ》えたいという客もいるらしい。

九ツはとうに過ぎている。

冷や飯は夕餉《ゆうげ》に回すことにして、咲は蕎麦屋《そばや》・柳川《やながわ》へ行くべく表へ出た。

その前に柳原《やなぎわら》の稲荷《いなり》神社に寄ったのは、先日に続いて、今日もしろとましろに会えるような気がしたからだ。

だが、柳原や神社に双子の姿はなかった。

修次《しゅうじ》や他の参拝客も見当たらず、ひっそりとした神社で咲は手を合わせた。

――みんなが達者《たっしゃ》で暮らせますように。

いつもの願いごとを心中で唱《とな》えてから、咲は付け足《た》した。

小太郎《こたろう》さんと源太郎《げんたろう》さんが、早くいい仲間と取引先に巡り会えますように――

雪《ゆき》の祝言からちょうど一月《ひとつき》が経《た》った。

片道半刻《はんとき》ほどかかる浅草《あさくさ》までの通いは大変そうだが、これまで滅多《めった》なことで外出することがなかった雪は、行き帰りの景色を楽しんでいるようだ。

源太郎と小太郎は仕事が速いと評判の兄弟ゆえに、二人が親方のもとを離れたことは大工《だいく》たちの間で噂《うわさ》になっている――と、咲は己の斜向《はすむか》いに住む辰治《たつじ》――大工にして牡丹《ぼたん》の恋人――から聞いている。

源太郎の人柄《ひとがら》と評判から、仲間集めは順調らしい。だが、「一家」を構えるとなると材木屋はもちろんのこと、建具屋や畳屋《たたみや》、瓦屋《かわらや》、植木屋、石屋などとの取引もかかせない。源太郎は今はどちらかというと、そういった店や職人との取引を得るために苦労しているようである。

　お参りを済ませてしまうと、咲は二匹の神狐《しんこ》の足元に四文銭《しもんせん》を一枚ずつ置いた。

　それから鳥居をくぐるべく腰をかがめたところへ、柳原へ続く小道をしろとましろがやって来た。

「あっ、咲だ」

「咲がいる」

「あんたたちもお参りかい？」

　私の勘も捨てたもんじゃない――と、内心にんまりしつつ咲は問うた。

「……うん、おいらたちもお参り」

「お遣《つか》いがうまくいくようにお参り」

「これからお遣いなのかい？　柳川で一緒に昼餉でもどうかと思ったんだけど……」

「せっかくだけど、これからお遣い」

「残念だけど、これからお遣い」

　残念、と言う割には愉《たの》しげだ。

　お参りというのは方便で、一休みか忘れ物でも取りに来たのだろう。

「ふうん、なんだかいいお遣いみたいだね」

「そう、いいお遣い」

「とってもいいお遣い」

「ご馳走《ちそう》たっぷり」

「お駄賃《だちん》たっぷり」

「ふふふふ」

「ふふふふふ」

顔を見合わせて笑う二人につられて、咲も顔をほころばせた。

「そうかい。そんなら柳川はまた今度」

「うん、また今度」

「また今度」

にこにこしながら手を振るしろとましろと別れると、いよいよお腹が空《す》いてきて、咲は早足で柳川へ向かった。

八ツまで四半刻《しはんとき》あるかないかという時刻だからか、柳川は空いていた。

「あ、お咲さん」

縁台から呼んだのは仕立屋の参太郎《さんたろう》だった。

向かいの縁台に腰掛けつつ、咲は問うた。

「参太郎さんもこれからお昼かい？」

「ええ、先ほど一仕事終えたんです。もうあと少し、あと少しって縫ってるうちに、九ツを大分過ぎちまいやした」

「私もだよ。それで、ちょいと外で、美味《おい》しいものでも食べようと思ってさ」

「私もです」

にっこりしてから、参太郎はつるに声をかけた。

「信太《しのだ》を一つ」

「私も信太」

咲も注文を告《つ》げると、参太郎は再び微笑《ほほえ》んだ。

「お咲さんも信太がお好きなんですか？」

「うん。ここのお揚《あ》げは絶品だもの」

「まさしく！　私もここじゃあ信太が一番のお気に入りでさ」

砕《くだ》けた口調で応えた参太郎が稲荷寿司も好物だと言うので、咲はしろとましろに教わった稲荷寿司の店をいくつか挙げた。

「山川屋《やまかわや》のこた聞いていやすが、私は酒があんまし飲めねぇのと、あすこのは煮付けたお揚げじゃねぇってんで、まだ足を運んだことがありやせん」

「そんなら、深川《ふかがわ》の孫助《まごすけ》さんの屋台はどうだい？」

参太郎も深川まではなかなか出かける機会がないそうで、孫助の屋台は知らなかった。

「そんなに旨《うま》い店なら今度、善郎《よしろう》や朔が藪入《やぶい》りで帰って来た折にでも行ってみやす。あいつらもお稲荷さんが好物なんで……それにしても、お咲さんはよくご存じで」

「友達が大のお稲荷さん好きでね。善郎さんやお朔ちゃんの奉公先は遠いのかい？」

「そうでもねぇです。善郎は浅草の福本屋《ふくもとや》って股引屋《ももひきや》で、朔は馬喰町《ばくろちょう》の都筑屋《つづきや》って旅籠《はたご》で奉公してやす。どちらもお咲さんには無用でしょうが、そう値の張らねぇいい店なんで、何かの折にはよしなにしてくだせぇ」

「都筑屋――」

股引屋はともかく、旅籠の名には覚えがある。源太郎の妻となった槙《まき》が、藪入りまで勤《つと》めていた旅籠がやはり馬喰町の都筑屋だった。

参太郎曰《いわ》く、馬喰町に都筑屋という名の旅籠は一軒のみゆえ、朔は槙の古巣で奉公していることになる。

「じゃあ、朔は妹さんのお義姉《ねえ》さんが勤めてた旅籠とおんなしところに……ははは、なんだかご縁がありやすね」

「うん、思わぬご縁だね」

互いに微笑み合ったところへ、今一人、暖簾《のれん》をくぐって客がやって来た。

年の頃は己と同じくらい、だが背丈《せたけ》はおそらく三寸ほども高い。丸みを帯《お》びた胸や腰回り、ふっくらした唇《くちびる》とその右端にあるほくろは艶《あで》やかだが、きりっとした目と佇《たたず》まいには凜々《りり》しさがある。

「あ、お壱《いち》さん」

「参太郎さん、今からお昼かい？」

壱という女は参太郎の斜向いにして咲の隣りに腰を下ろしたが、つるが信太を二つ運んで来たのを見て慌てて腰を浮かせた。

「おっと、すまないね。お連れさんがいたんだね」

「ち、違いやす。あ、いや、違わねぇか……？」

「どうかお気になさらずに」と、咲も声をかけた。「ちょうど居合わせたのは、私も同じですから」

「そう？　じゃあ、ありがたく」

座り直した壱へ咲は名乗った。

「私は咲といいます」

「お咲さん？　もしや、縫箔師《ぬいはくし》のお咲さん？」

「お壱さんもお咲さんをご存じでしたか」

驚きを声に滲《にじ》ませた参太郎へ、壱は苦笑を浮かべた。

「そりゃあね。――お咲さん、播磨屋《はりまや》のお駿《しゅん》さんをご存じでしょう？」

店の名は忘れていたが、駿の名を聞いてすぐに駿の嫁《とつ》ぎ先だと思い出した。

「ええ、まあ」

「気を付けた方がいいですよ。あの人、典馬《てんま》が私とあなたに二股《ふたまた》かけてるんじゃないかって、わざわざ知らせに来たんです」

「えっ？」と、参太郎の方が咲より大きな声を出した。「典馬がお壱さんとお咲さんを二股？　そんな莫迦《ばか》な」

「まったくだよ」

驚き顔の参太郎に、壱は更に苦笑する。

はたして、壱は典馬の「湯島《ゆしま》の女」だった。また、参太郎と典馬は幼馴染《おさななじ》みで、手習い指南所で知り合ったという。

「私は長屋住まいなんですけどね。表店のおかみさんとお駿さんは友人だそうです。おかみさんはもともと私のことを『身持ちが悪い』と嫌っておりまして、うちに出入りしている典馬のことをお駿さんに話していたみたいです。それで、お駿さんは私のことを思い出して、典馬が『縫箔師のお咲さん』といい仲だって、はるばる三十間堀《さんじっけんぼり》から湯島まで足を運んで知らせてくだすったという次第《しだい》です」

　駿が壱のもとへ現れたのは、半月ほど前の十五日で、咲の長屋を訪れてから四日後のことだった。とすると駿は、典馬とは男女の仲ではないという咲の言い分よりも自分の勘を信じることにしたらしい。

「あの、私と典馬さんはけしてそういう仲では――」

「ご安心ください。典馬からもう話は聞きました。友人ならまだしも、あんな見ず知らずの女の話を鵜呑《うの》みにするほど、私はぼんくらじゃありません」

「そうですよ」と、参太郎。「疑うだけ莫迦莫迦しい。典馬はお壱さんにぞっこんですから。あいつはああ見えて、二股かけるような玉じゃねぇんです。でもってお咲さん、お壱さんもこう見えて、身持ちが悪いなんてこたまったくありやせん」

「こう見えて、ねぇ……？」

　からかい口調になった壱へ、参太郎が慌てて付け足《た》す。

「典馬が言ったことでさ。お壱さんは一見じゃお師匠《ししょう》さんには見えねぇから……ああお咲さん、お壱さんは手習い指南所のお師匠なんです。それから、お壱さんも典馬一筋でさ。ねぇ、お壱さん？」

「今んとこはね」

いたずら顔で応えた壱に、咲は内心驚いていた。

色気が漂う壱の見目姿から、同じ「師匠」でも芸事《げいごと》の師匠を束《つか》の間《ま》思い浮かべて、まさか手習い指南所の師匠とは考えもしなかった。

人は見た目に寄らないってのに……

女であることから一見では職人とは思われず、そうと知られてからも侮《あなど》られて散々悔しい思いをしてきた筈《はず》なのに、己が壱を見目姿で判じたことが恥ずかしい。

また、色気や「身持ちが悪い」といった言葉から、つい芸事の師匠でも遊女にありがちな三味線《しゃみせん》や踊《おど》りを想像してしまったことも、元遊女にして三味線の師匠である桔梗《ききょう》を知らずに侮ってしまった気がして、咲はますます自省した。

壱は遅い昼餉がてら、典馬の忘れ物を届けに来たそうである。

「お駿さんよりずっとましだけど、典馬の長屋の人たちも大概《たいがい》お節介《せっかい》だからね。うっかり顔を出そうものなら、やれ典馬をもてあそぶなだの、早く嫁《よめ》にこいだの、うるさいのなんの……だから、おつるさんがここで働くようになって助かりましたよ」

忘れ物の小さな包みをつるに託して、壱も信太を注文した。

「そう気を持たせなくたっていいじゃねぇですか。姉さん女房ったたって、十も二十も離れちゃいねぇんだから……」

「あはは、それも典馬が言ってたのかい？」

「そ、それは――ちぇっ、聞かなかったことにしてくだせぇ」

口をつぐんだ参太郎へ、壱はにやにやした。

典馬は夫婦《めおと》の契《ちぎり》を望んでいるようだが、どうも壱にはその気がないようだ。

その理由には強い興味を覚えたものの、似たような「お節介」に悩まされている身としては――ましてや出会って早々に――問《と》えたものではなかった。

信太を平らげてしまうと、咲は二人に暇《いとま》を告《つ》げた。

が。

「ああ、お咲さん、どうか少々お待ちになって。女職人――それも縫箔師なんて、そうそうお目にかかれませんもの。もう少しお話しできませんか？」

壱にねだられて、咲は戻り道中を共にすることになった。

❀

指南所の師匠とあって壱は話し上手《じょうず》で、守り袋の干支の話をするうちに咲よりほんの一つ年上だということも知れた。

結句、咲は壱を長屋へ招いた。「仕事場を見せて欲しい」と言われたからだが、咲自身も壱と今少し話してみたかった。

二階の仕事場を興味津々《しんしん》でぐるりと見回した壱は、秋海棠《しゅうかいどう》の下描きに目を留めた。

「これは秋海棠ですね。どなたかの注文ですか？」

「ええ。簪《かんざし》入れです」

「注文主は男でしょう？　察するに、吉原《よしわら》は玉屋《たまや》の秋海《あきみ》さんの馴染みでしょうか？」

「秋海さんをご存じなんですか？」

「ふふ、縫箔師ほどじゃありませんが、女の手習い師匠もあんまりいませんからね。時折、吉原に呼ばれることがあるんですよ」

吉原遊女の多くはなんらかの芸事を学んでおり、身分の高い遊女ほど踊りや三味線のみならず、琴《こと》や鼓《つづみ》、書道、茶道、歌道、香道などの他、将棋《しょうぎ》や囲碁《いご》にも通じていると聞く。壱が教えているのは主に読み書き算盤《そろばん》だそうだが、望まれれば四書《し》五経《しょごきょう》——論語《ろんご》、大学《だいがく》、中庸《ちゅうよう》、孟子《もうし》、易経《えききょう》、詩経《しきょう》、書経《しょきょう》、礼記《らいき》、春秋《しゅんじゅう》——や、壱が得意とする算術、本草学《ほんぞうがく》、将棋を教えることもあるという。

一階で茶を振る舞いながら、咲は壱に問うてみた。

「秋海さんのことを聞かせてもらえませんか？　見目姿やお人柄、どういった着物や小間物を好まれているのかが判《わか》れば、もっといい意匠が浮かぶやもしれません」

「私もそう詳しくは知りませんが、秋海さんは二十歳の座敷持です。見たところ背丈はお咲さんよりやや低い――五尺一寸余りでしょうか。目方はおそらく十一貫ほどと細身で、鈴木《すずき》春信《はるのぶ》が描く女に多い、ちょいと澄《す》ました――けれども可憐《かれん》な顔立ちです」

壱は観察力に長《た》けていて、浮世絵にも造詣《ぞうけい》が深いようだ。

「秋海さんは書方が得意で、他の遊女の代書を引き受けることが多いので、主に読み書きや詩歌を教えています。囲碁もなかなかの腕前でして、時が許せば指していて、私が負けた時は謝儀をおまけすることにしています」

秋海の謝儀は代書代でほぼ賄《まかな》われているそうで、他の遊女と比べて謝儀の工面に苦労していない分、壱を呼ぶことが多いらしい。

「覚えも良く、そのうち算盤も習いたいそうで、教えがいのある娘ですよ」

「書方や囲碁を知っているということは、もとは裕福な家の出なんでしょうか？」

「そうでもないです。昔のことはあんまり話しちゃくれないんですが、長屋育ちだと言っていました。両親はとうに亡くなっていて、吉原に売られたのは、病で亡くなった恋人の薬礼を借金していたからだそうです」

「亡くなった恋人のために……情が深い人なんですね」

「そうですね……その恋人をいまだ深く想《おも》っているがゆえに、間夫《まぶ》もつくらず、馴染みといえどもつれなくしているらしいんですが、それがまたいいという客がついているのだと他の遊女から聞きました」

「秋海という源氏名は、秋海棠が『相思草』や『断腸花《だんちょうか》』とも呼ばれているからでしょうか？　つまり、いまだ亡き恋人に恋い焦《こ》がれているからでは？」

「そうやもしれませんね。いまだに断腸の涙を流すこともあるようですから……」

花が瓔珞《ようらく》に似ていることから「瓔珞草」とも呼ばれる秋海棠には、清国《しん》の逸話《いつわ》に由来する「相思草」や「断腸花」という異名もある。

清国では「相思」は「相惚《あいぼ》れ」の他、「恋煩《こいわずら》い」をも意味する言葉で、その昔、恋煩いにかかった者が吐いた血が「相思草」という花になったというのである。また別の逸話では、恋煩いから女が流した断腸の涙が「断腸花」になったともいわれている。

「それにしても、お咲さん、よくご存じですね」

「草花は意匠によく使うからです。読み書きは得意じゃありませんが、意匠に使われる花や草木、鳥、文様などについては、親方が——三代目弥四郎《やしろう》が——よく話してくださいました」

「なるほど。流石《さすが》、評判の縫箔師ですね。身につける人もそうですが、意匠の所以《ゆえん》を知って縫うのと知らずに縫うのでは、どこかしら違いが出てくるのでしょうね」

「ええ、もう代替わりしてしまいましたが、親方のもとで修業したこと、親方の弟子《でし》であることは、ささやかですが私の自慢の種なんです」

「あはは、私が言ったのは、お咲さんのことですよ」と、壱は笑った。

「私？　私は評判というほどでは……」

「そうですか？　典馬から、お咲さんは守り袋や匂い袋が大層評判で、なかなか手に入らないと聞きましたが」

「そりゃ、主に守り袋と匂い袋しか作っていないからですよ。一人で作っているので数も限られてしまいます」

「それも道理ですが、きっとこれからもっと売れますよ。殊《こと》に中で評判になれば、市中でも引っ張りだこになるでしょう」

歌舞伎《かぶき》と並んで、吉原も流行《はやり》の源だ。市中の女たちも、吉原を蔑《さげす》みつつ、髪型や着物、小間物、噂話などの「流行もの」はないがしろにできないのである。

「ははは」と、今度は咲が笑った。「そうなるといいんですがね」

「なりますとも」

太鼓判《たいこばん》を押してから、壱は秋海の着物や小間物のことを教えてくれた。

桔梗と違い、秋海棠はほとんど見られない意匠であるため、着物は持っていないようだ。小間物は修次のびらびら簪や咲の守り袋の他、袱紗《ふくさ》や紅猪口《べにちょく》、根付《ねつけ》は持っているそうだが、櫛《くし》はないという。

「櫛を贈《おく》られたことはあるそうですが、けして受け取らないようにしているそうです」

身体《からだ》は売っても心は売らぬ――それが秋海の矜持《きょうじ》らしい。

ほどなくして壱が帰ると、入れ違いに路《みち》がやって来た。

「お咲さんが出かけた後、三四郎《さんしろう》さんがいらしたのよ」

「えっ、親方が？」

三代目弥四郎は、啓吾《けいご》が四代目となった折に名を「三四郎」と改めていた。

「大事な話があるから、夕刻にまた来るって仰《おつしや》ってたわ」

「大事な話……」

啓吾さんの目のことだろうか？

今しがたの弾《はず》んだ心はどこへやら、目を患《わずら》っている啓吾を案じて咲は気を沈ませた。

そわそわしながら二刻ほどを過ごした。

じきに六ツという時刻になって、三四郎がやって来た。

「親方、お昼は留守《るす》にしていてすみません」

「なんの。千里眼じゃあるまいし謝ることはない。こちらこそ飯時にすまんな」

苦笑を浮かべて、三四郎は茶を淹《い》れようとする咲を止めた。

「仕事はどうだ？」

「上々です」

「上々か。それは何よりだが……」

三四郎は微笑んだが、濁《にご》した言葉が気になった。

「あの、大事なお話があるとお聞きしましたが……？」

「うむ、すまん。もったいぶるつもりはなかったのだ」

再び微笑んで、三四郎は続けた。

「お前に、しばらくうちの仕事を手伝ってもらえないかと思ってな」

「うちの……というと、縫箔の仕事ですか？」

「あたり前だ。他に何があるというのだ。ああ、女中仕事なら、さっさと口入れ屋にゆくさ、はははははは」

笑い声を上げたのち、三四郎は弟子の謙太郎《けんたろう》が郷里の下総国《しもうさのくに》へ里帰りしていることを告げた。

「母親が危ないそうでな。四日前に発《た》った。今、うちには謙太郎の他、三人の弟子がいるからな。啓吾と私と併《あわ》せて五人でなんとかなる筈だったのだが、おととい幹太《かんた》が利《き》き腕を痛めてしまったのだ。出先で子供を庇《かば》ったそうでな……医者の見立てじゃ、骨にひびが、はたまた折れているやもしれんらしい」

「幹太さんが……」

己の右腕に触れて、咲は思わずぶるりと身を震わせた。

目もそうだが、両手も咲にとっては大事な商売道具の内だ。

「幸いといってはなんだが、ぽっきり折れてはおらんでな。指も動くゆえ、大人しくしていれば元通りになりそうだ」

「さようで……ですが、となると、あとは伸二《しんじ》さんと周介《しゅうすけ》さんですか?」

謙太郎は同い年だが、咲より一年早く弟子になったため、咲にとっては兄弟子である。伸二は二つ年下、幹太は四つ年下、周介は七つ年下で、皆弟弟子にあたる。

弥四郎宅では、一昔前まで十人前後の弟子を抱えていた。だが七年前に質素倹約を重んずる松平定信《まつだいらさだのぶ》が老中となって以来縫箔の注文がめっきり減って、弟子の数も半分ほどになったため、今は女中さえ置いていない。

「うむ。先だって新しく良彦《よしひこ》が来たが、まだ十一の見習い小僧だ。今請《う》け負《お》っている仕事だけなら四人で充分なんだが、謙太郎の郷里から知らせが届く前に、新しい注文を受けてしまった。それがまた急ぎの注文でな……」

童子の着付――袷《あわせ》の小袖《こそで》――で、さる大名家で催《もよお》される卯月《うづき》の式事に使われるそうである。仕立てもあるため、遅くとも二十五日には仕上げねばならぬらしい。

「私でお役に立てるのならば、もちろん助太刀《すけだち》いたします。今、請け負っている仕事はなんですか？」

およその客は能装束《のうしょうぞく》には男仕立てを望むため、己は手元にある仕事を引き受けることになるのだろうと咲は踏《ふ》んだ。弟子だった時も能装束に携《たずさ》わることはあまりなく、咲は主に大店《おおだな》や粋人《すいじん》が仕立てる着物や帯、小間物を担《にな》っていた。

ふっと、三四郎が微笑んだ。

「長絹《ちょうけん》と帯だが、お前が案ずることはない。お前には着付の方を頼みたいのだ」

「ですが――」

「案ずるな」

繰り返した三四郎の微笑に苦笑が重なった。

「昨日、幹太の負傷を客に話しに行った折に、そのことは確かめてある。客は男仕立てにこだわらぬそうだ。ゆえに、まずはお前に頼みに来たのだ」

咲が勤めていた頃は、まだ兄弟子の方が多かった。だが、この七年の間に謙太郎より目上の兄弟子は皆、独《ひと》り立ちしたり、病に死したりしていなくなり、いまや三四郎を除《のぞ》けば咲より二つ年上の啓吾が最年長だ。

独り立ちした者——しかも己より年上の——は他にもいるというのに、三四郎が真っ先に己に話を持って来たと知って、咲は胸を熱くした。

昨年、能役者の関根泰英《せきねやすひで》から腰帯を頼まれたものの、己が能装束——それも着物に携わることはもうないだろうと思っていた。

無論、他の者より頼みやすいということもあろう。咲は独り立ちしても弟子は取らずに、一人で小間物のみを手がけているからだ。

でもそれだけじゃない。

けして、それだけじゃあない——

咲の胸中を読んだがごとく三四郎は続けた。

「お前なら、他の者より融通《ゆうずう》が利くだろうという胸算用もあったがな、お前を一番に訪ねたのは腕前を見込んでいるからだ。私だけではないぞ。啓吾もお前の腕前を買っている。——それから、このことはお千紗《ちさ》にも話してある。少々渋《しぶ》られたが、もともと仕事には口出しせぬ約束だ」

千紗は啓吾の妻だ。昨年、啓吾が行方《ゆくえ》知れずになった折に不義を疑われたため、顔を合わせるのは気まずいが、千紗を理由に仕事を断る気は微塵《みじん》もない。

「お気遣い、ありがとう存じます」

「礼を言うのは私たちだ。早速だが――」

袖から丸めた紙を取り出して、三四郎は広げた。

実り豊かな稲穂《いなほ》が、向きを変えて散らしてある。稲穂の背後に工霞文様《がすみもんよう》が描かれているところが幽玄さを感じさせた。ただし書きには金箔はもちろんのこと、薄黄だの藤黄《とうおう》だの黄色の名がいくつも連ねてあることから、収穫前の田んぼを思わせる。

「此度は『小鍛治《こかじ》』の童子の着付ゆえ、意匠は稲穂にしようと思っているんだが、何分、啓吾と伸二は長絹を、私と周介は帯を縫うのに忙しくてな。まだこれしか案が出ていないのだ。是非ともお前の知恵を貸してくれ」

小鍛治・宗近《むねちか》が帝の勅命《ちょくめい》により、宝剣を打つまでの話が能の「小鍛治」だ。小鍛治に出てくる童子は稲荷明神の化身《けしん》であるため、稲穂の意匠は良案である。

それよりも――

「私が……意匠を？」

能装束でなくとも、今まで己の案を求められたことはなかった。意匠のほとんどは客が絵師に描かせたもので、稀《まれ》に任せられても三四郎や兄弟子たちが決めていた。

「それもまた、私や啓吾が買っているお前の才だ。財布や煙草《タバコ》入れ、半襟《はんえり》、守り袋など、お前が作った小間物は折々に目にしてきた。せっかく客が、女でも構わぬと言っておるのだ。啓吾や客が気に入るかどうかは判らんが、私はお前に、一から存分にこの着物に力を注いで欲しいのだよ」

「親方――」

つい声を震わせた咲へ、三四郎はからかい口調で言った。

「感極まっている暇はないぞ、お咲。お前の仕事を片付けて、意匠を考えて、なるたけ早くうちへ来てくれ」

「承知いたしました」

三四郎を木戸まで送って戻ると、興味津々に表へ出て来た勘吉《かんきち》が咲へ微笑んだ。

「おさきさん、とってもうれしそう。なにかいいことがあったの？」

「あった、あった。大仕事がきたんだよ！」

「おおしごと？」

問い返しながら、何故か勘吉は伸びをするごとく、両腕を大きく胸元から外へ弧を描くように開いた。

「そうさ。こぉんな大きな仕事だよ」

勘吉を真似《まね》て咲も両腕を開いて大きな円を描いてみせると、勘吉も負けじと再び、今度は背伸びをしながら両腕を回す。

「おおしごと！」

「大仕事！」

「もう、なぁに？　私にも教えてよ、お咲さん！」

戸口から路が顔を覗《のぞ》かせると、仕事や湯屋で留守にしている者を除いて、しまに福久《ふく》、しまの向かいの幸《さち》や、幸の隣りの辰治《たつじ》まで、長屋の皆が次々表へ姿を現した。


翌朝一番に、咲は桝田屋と瑞香堂を訪ねた。

守り袋と匂い袋をそれぞれ納めて、しばらく弥四郎の仕事を手伝う旨《むね》を告げると、折り返して修次が住む新銀町《しんしろがねちょう》へ向かった。

「ああ、そんなら心配いらねぇよ。杏輔《きょうすけ》さんは意匠を決めかねててよ。ついでに、今ちょいと店の手が足りねぇそうで、しばらく吉原もお預けだってんで、待たせて悪いと言われたよ」

「なんだ……でも助かったよ。じゃあ、私はこれで」

「相変わらずせっかちだな。いや、仕方ねぇか。念願の着物だもんな。けど、せめて茶の一杯くらい……」

　早いうちに家を出たため、まだ四ツにもならぬ時刻である。

「そんな暇はないね。早く家に帰って、意匠をじっくり考えたいもの。ああでも、その前にお稲荷さんに行くつもりだよ。此度の仕事の成就《じょうじゅ》を祈願しに」

「なら、俺もついてくさ」

　にっこり応えて、修次の方が先に腰を上げた。

　まずは鍋町《なべちょう》の方へ足を向けながら、咲はついでに昨日出会った壱のことを話した。

　着物の話で舞い上がっていて、壱との出会いはもう随分《ずいぶん》前に感じる。

「へぇ、典馬さんには女がいたのか」

　気を良くして修次は頷《うなず》いた。

「しかも指南所のお師匠さんたぁな」

「私も驚いたよ。それで、お壱さんは時折、吉原にも呼ばれて教えてて、秋海さんのことも知ってたのさ」

壱から聞いた秋海の見目姿を伝えるも、修次は今度は微《かす》かに目を泳がせた。

「うん？　あんたももしや、秋海さんを知ってんのかい？」

「知っているというほどじゃ……その、昨年のびらびら簪は喜兵衛《きへえ》の爺《じじ》ぃが取って来た注文だったたから、あんまし詳しいこた聞かなかったのさ」

咲はまだ顔を合わせたことはないが、喜兵衛と修次は旧知の仲で、喜兵衛は時折修次への注文を取って来たり、品物を納めに行ったりと、遣い走りをして駄賃を受け取っているようだ。

「けれども此度は女の名前が判ったからよ。秋海ってのがどれほどの玉——いや、どんな人だか、ちょいと見て来ようと思って……」

「ふうん、それでちょいと吉原に？」

二十七歳の修次は九之助《くのすけ》と同じくらいの年頃で、九之助より見目姿が良く、稼いでいると思われる。さすれば吉原への出入りも、なんなら誰かの間夫《まぶ》でもおかしくないのだが、少々嫌みとからかい交じりに咲は問うた。

「ほ、本当だ。どんな人だか知っといた方がいい物が作れるだろうと、その、お咲さんを見習ってのことで、張見世《はりみせ》をほんのちょっぴり覗いて来ただけなんだ」

「私を見習って、ねぇ？」

うろたえる修次へ内心くすりとしながら、咲は更に問う。

「そんなら、どうして今まで教えてくれなかったのさ？」

「そ、そりゃだって……中の話なんて、やっぱりいい気はしねぇだろう？　いくらお咲さんでもよ？」

中の話というよりも、修次と花街のかかわりは、咲には面白くない話ではある。

それもまた、己が修次に惹《ひ》かれている証《あかし》なのだろう――と咲は素直に頷いた。

「うん、そりゃいい気はしないさ」

「そうだろう。そう思ったんだ」

嬉《うれ》しげに頷き返した修次と共に、柳原から稲荷神社への小道へ入る。

と、神社には先客がいた。

「やあ、咲じゃねぇか」

「修次じゃねぇか」

「お参りかい？」

「二人仲良くお参りかい？」

鳥居の向こうからしろとましろが口々に言った。

「そうとも、仲良くお参りさ。お咲さんの新しい仕事の成就をな」

いち早く応えたのは修次だが、しろとましろは揃《そろ》って咲の方を見た。

「どんな仕事？」

「大事な仕事？」

「うん。とっても大事な着物の仕事だよ」

ふと閃《ひらめ》いて咲は問うた。

「あんたたち、小鍛冶って能を知ってるかい？」

「知ってらぁ」

「たりめぇさぁ」

双子の返答に傍《かたわ》らの修次が目を丸くする。

「私は今度、その小鍛冶に出て来る童子の着物を手がけることになったのさ」

「へぇ、そいつはすげぇな、咲！」

「まったくすげぇぞ、咲！」

二人が顔を輝かせて声を上げたものだから、咲も一層嬉しくなった。

「小鍛冶ってのは、そんなに有名な能なのか？」

咲を見やって問うた修次へ、双子の方が早く応える。

「なんでぇ、修次は小鍛冶を知らねぇのか」

「小鍛冶を知らねぇたぁ、情けねぇ」

両腕を組んでふんぞり返ったしろとましろへ、修次が苦笑を浮かべながら頼み込む。

「俺ぁ、能には詳しくねぇんだ。どんな話だか教えてくれよ」

「もちろん教えてやるぞ」

「外《ほか》でもない修次の頼みだからな」

これまたえらそうに応えると、二人は咲たちに背を向けてしばしひそひそ話し合う。

おもむろに振り返ると、向かって左のおそらくしろが口を開いた。

「むかーし、昔、時の帝の一条《いちじょう》天皇は、夢枕に小鍛冶宗近に宝剣を打たせよというお告げを聞いたんだ」

「それで橘道成《たちばなのみちなり》という勅使が、宗近のところへ剣を打つよう頼みに行ったんだ」

「でも、宗近は断った」

「自分と同じだけの腕前の相槌《あいづち》がいないと、剣は打てないと断った」

「けれども、道成は聞き入れなかった。『勅命だから、了承せよ』と」

「だから宗近は仕方なく引き受けた」

向かって右のおそらくましろがそう言う間に、しろがさっと社《やしろ》の後ろへ隠れた。

咲たちを見やってましろが続ける。

「困った宗近は、氏神の稲荷明神にお参りに行ったんだ。そしたら童子が現れた」

社の後ろからしろが現れて、ましろと向き合う。どうやらましろが宗近、しろが童子のつもりらしい。

「童子は何故だか勅命を知っていた」と、しろ。「でもって宗近に言うんだ。『ただ願うがよい。君の恵みがあるからには御剣は必ずや打てるだろう』――」

「それから童子は、宗近に草薙《くさなぎ》の剣《つるぎ》の話をした」

「倭 健 命《やまとたけるのみこと》が草薙の剣をもって敵軍を追い払った話をして、宗近を励《はげ》ましたんだ」

剣を持った振りをして、右に左に払いつつ、しろは続けた。

「『そなたの打つ剣も草薙の剣に負けぬものになるゆえ、安心して家へ帰れ』……」

「『して、あなたはどなたなのです?』と、宗近は童子に訊《たず》ねるけれど」

「童子は名乗らず、ただ『支度《したく》をして待て。神通力を得て、きっとそなたを助けよう』と言って姿を消したんだよ」

「なるほど、お咲さんが縫うのはその童子の着物か……」

つぶやいた修次を、双子はきっと睨《にら》んでたしなめた。

「黙って聞く!」

「おしまいまで聞く!」

「す、すまねぇ」

修次が謝ると、今度はましろが社の後ろへ隠れた。

とすると、次はしろが宗近役か――と、咲はくすりとして双子の芝居《しばい》を見守った。

「家に帰った宗近は言われた通り剣を打つ支度をして、祈りながら待った」と、しろ。

「そしたら、槌を持った稲荷明神さまが狐《きつね》の姿で現れて」と、社の後ろからましろがやって来てしろの前に立つ。「宗近と一緒に剣を打ち始めたんだ」

「宗近が一つ目の槌をはったと打てば」

「明神さまがちょうと打つ」

双子が交互に槌で剣を打つ真似をする。

「ちょう」

「ちょう」

「ちょう」

「ちょう」

「そうして、明神さまの相槌を得て鍛《きた》えられた宝剣の表には『小鍛冶宗近』の銘」

「裏には明神さまが相槌を務《つと》めた証に『小狐』の銘が刻まれて、宝剣『小狐丸』になったんだ」

二人並んで咲たちへ胸を張ってから、顔を見合わせて嬉しげに囁《ささや》き合う。

「小狐丸」

「小狐丸」

「なるほどなぁ……」と、修次が咲を見やってにやりとした。

「先に現れた童子も実は明神さまの化身だったのさ」と、咲もにやりとする。

童子や狐の化身となった稲荷明神が、「小狐丸」という宝剣を打つ――

なればこそ、しろとましろが「小鍛冶」を知らぬ筈がないと踏んだのだ。


翌朝、朝餉を済ませた咲は五ツ前に弥四郎宅を訪れた。

独り立ちして以来、折々の挨拶《あいさつ》でしか訪ねていない。昨年までは、啓吾の千紗への遠《えん》慮《りょ》か、はたまた千紗や弟子たちの配慮か、弥四郎宅で啓吾と顔を合わせたことはなかったのだが、今年の年始には「四代目弥四郎」として挨拶を交《か》わしていた。

目の調子は良くないそうだが、「弥四郎」の名を継《つ》いでから前より穏やかになった気がする。以前も殊に荒ぶってはおらず、どちらかというと平静な方ではあったが、一つの節目を迎えたことで角が取れ、やがて訪れる失明への覚悟が深まったように見えた。

「よく来てくれた」

「お世話になります」

「世話になるのはこちらの方だ」

頭を下げた咲へ微笑むと、啓吾は千紗と子供たちを見やって言った。

「お前たちからも挨拶を」

「よろしくお願いいたします」

千紗に倣《なら》って、一男一女の子供たちも声を揃えて頭を下げた。

「よろしくおねがいいたします」

子供たちの名は啓太郎《けいたろう》と紗世《さよ》で、それぞれ七歳と五歳だ。こうして四人揃ったところを見るのは初めてで、あたり前だが、どちらの子供にも夫婦の面影《おもかげ》がある。

「――こちらこそ。精一杯努《つと》めますので、どうぞよろしくお願いいたします」

不義を疑われた千紗の手前、いささか緊張していたものの、初めにしかと挨拶を交わしたことで気持ちがほぐれた。

己がかつて許婚《いいなずけ》だったことは事実だが、恋情はとうに過去のものとなっている。

あとはただ仕事に打ち込むだけでよいと思うと、三四郎と啓吾について仕事場へ向かう足が弾んだ。何はさておき、己が描いた意匠を早く二人に見て欲しい。

仕事場では伸二、幹太、周介、良彦が、揃って咲を迎えてくれた。

幹太の吊るされた右腕は痛々しいが、他に支障がないからか血色は悪くない。

良彦は三四郎が言った通り、まだ十一歳のほんの「小僧」だ。背丈は四尺五、六寸で、身体は細く、目方は九貫もないように思われる。挨拶はしっかりしていたが、唇を嚙《か》むように結び、どこか思い詰めた顔をしている。

そう気を張らなくてもいいのに――

だが己が十歳で奉公に来た時も、十二歳で見習いになった時も、きっと似たような顔をしていたに違いない。殊に見習いになった時は、女の己をよく思わぬ兄弟子がほとんどだった。

内心苦笑を漏《も》らしながら、咲は昨日描いた意匠を広げた。

「見せてくだすった意匠を思い出しながら、初めはエ霞の代わりに雀《すずめ》や蜻蛉《とんぼ》を稲穂に合わせてみました。けれども結句、稲穂だけの方がいいような気がして……」

稲穂が散らしてあることは変わらぬが、もとの案にあったやや曲がった稲穂の代わりに、数本を束《たば》ねて紋印の「稲の丸」のごとく丸めて描いた。しろとましろの守り袋に縫い取られた伏見稲荷大社の御神紋を始め、稲荷神社の神紋には「抱き稲」が多い。己が描いた稲穂は真ん丸でも左右鏡写しでもないものの、丸く描いたことで、もとの稲穂の意匠より「稲荷明神」を思わせると自負している。

みんなして顔つき合わせて覗き込むことほんのしばし、真っ先に啓吾がつぶやいた。

「良いな」

「うむ」

三四郎も頷いて、啓吾と顔を見合わせる。

「神紋に見えることもそうだが、丸い方が童子に似合う」

「そう。そうなんです」と、咲は大きく頷いた。

稲穂を丸くしようと閃いたのは、稲荷神社の神紋より先に、「おおしごと！」と両腕で弧を描いた勘吉が思い出されたからだった。

「どれどれ、地色は茄子紺《なすこん》か、鉄紺か……」

ただし書きを見て三四郎が顎《あご》へ手をやると、啓吾も同じようにして考え込んだ。

「……茄子紺も捨て難《がた》いですが、鉄紺の方が金箔やこよりの紅白が映《は》えそうです」

稲穂はこよりで束ねてあり、色を「紅白」とただし書きしていた。この紅白の色合いは、稲荷神社の鳥居と神狐を思い浮かべて入れたものだ。

三四郎と頷き合うと、啓吾は咲を見やって微笑んだ。

「雀や蜻蛉は私も合わせてみたんだが、お前が言う通り、稲穂だけの方が――こちらの方がずっといい。エ霞の方も持って行くが、此度のお客さまなら、おそらくお前の案を気に入ってくださることと思う」

善は急げとばかりに二つの下描きを持って、啓吾は「四代目弥四郎」として客先へ出かけて行った。

啓吾が留守の間も、三四郎と伸二、周介の三人は長絹や帯の縫箔に余念がない。幹太が良彦に刺し子を教える傍らで、咲は匂い袋の沈丁花《じんちょうげ》の刺繡《ししゆう》に勤《いそ》しんだ。

ちらりちらりと、時折咲の手元を窺《うかが》う良彦の手を、幹太が物差しで軽く、だがぴしりとはたく。

「こら！　お前はまずは刺し子からだ。刺し子でも、まともに縫えるようになった暁《あかつき》には、おふくろさんやお姉さんに巾着《きんちゃく》でも作ってやるといい」

「はい」

「千里の道も一針からだ」

「はい」

幹太の台詞《せりふ》は老子《ろうし》の言葉をもじったものだが、咲も見習いの折によく聞いた。

もう、十六年も昔になった……

仕事場は咲がいた頃からさほど変わっていない。家そのものは古くなっているものの、障子《しょうじ》や襖《ふすま》は張り替えられていて、掃除も行き届いている。

時におしゃべりがなくもないが、ほとんどの時間は昔と変わらず静かに過ぎる。

糸をしごく音、布に触れる音、糸を布に通す音など、それぞれは微かだが、六人も一部屋にいると途切れることがない。

九ツの鐘が鳴り、咲たちが座敷で昼餉の箸《はし》を上げてまもなく、啓吾が帰って来た。

「見込んだ通りだ。お咲の意匠に決まったぞ」

ちょうど茶を運んで来た千紗に何やら睨まれた気がしたが、咲は構わなかった。

啓吾は養子で三四郎と血のつながりはない。だが、その弾んだ声や笑顔は紛《まご》うかたなく、ただいい物を作りたいという「縫箔師弥四郎」のものだった。

❀

その日のうちに、三四郎と咲が鉄紺の太物《ふともの》を仕入れに出向いた。

翌朝、意匠や箔、糸の色、縫い方などこまごましたことを皆で確かめたのち、咲は早速手本となる稲穂の縫箔に取りかかった。

夜明けと共に弥四郎宅へ行き、日暮れに帰る日々が続いた。

朝餉と昼餉は弥四郎宅で皆と取り、夕餉は握り飯とおかずを少しもらう。戻り道中で湯屋に寄り、帰宅してからは食べて寝るだけだ。

稲穂の輪は袖も併せて三十二。一人では一日にせいぜい一つが精一杯だが、五人で手分けすれば期日までに充分間に合う。ただし、長絹と帯はまだ作りかけゆえ、伸二と周介は仕上げまで、啓吾と三四郎も兼ね合いながらの仕事となった。

摺箔《すりはく》を丁寧《ていねい》に施《ほどこ》してから、刺繡に取りかかる。

稲穂の葉を一枚ずつ、黄蘗《きはだ》色や菜種油《なたねゆ》色、草色や木賊《とくさ》色などの緑色の他、錆青磁《さびせいじ》や白《しろ》鼠《ねず》色などの灰色の糸を交ぜながら、順繰りに次の者に回していく。意匠を揃えるために、一人が一つの輪を担わずに、皆が一つの輪を少しずつ縫うのである。此度は皆でまず葉と茎《くき》を縫い、そののちに穂を、最後にこよりを縫う手筈としていた。

啓吾や三四郎はともかく、伸二や周介とは仕事を共にしたことがほとんどなかった。

しかしながら、二人とも「弥四郎一家」の手法をしっかり身につけていて、殊に咲が一家を離れた折にはまだ十四歳の生意気盛りだった周介の成長には驚かされた。

「……腕を上げたね、周介さん」

「それほどでも」

はにかんだ周介を見やった伸二に気付いて、咲は付け足した。

「伸二さんも」

「そんな、取ってつけたように言われてもな」

ぶっきらぼうに、だが嬉しげに口元を緩《ゆる》めた伸二を見て、皆が――良彦までも――微笑を浮かべた。

昔の、今の周介より若かった頃の己が思い出された。

弟子になったのは十三歳でも、己が「一家」の一人だと感ぜられるようになったのは、十八、九歳に――ようやく「一人前」と言われるようになってからだ。

兄弟子に言い寄られたのちに啓吾の許婚となったのが十八歳の時で、この弥四郎宅が己の「家」になる、居所も仕事もここにある――と信じていた頃でもあった。

結句、啓吾とは違う道を歩むことになったが、「一家」の結束は、今この時の方が心地良い。恋情や妬《ねた》み嫉《そね》みの念がないこともあろうが、最も大きな理由は己が腕を上げたからだろう。

啓吾さんに引けを取らないほどに――

そう、今の咲には信じることができた。

そしてまた、啓吾からも余計な念は感じなかった。

――啓吾さんは、お姉ちゃんの腕前が怖かったんだと思う――

――きっとあの人、お姉ちゃんの才を妬んだのよ――

前に雪が言った通り、啓吾はかつて咲の才を、三四郎に見込まれていることを羨《うらや》んだことがあったのだろう。

私だって、きっとどこかで羨んでいた――

だが、己も啓吾もそれなりに長い年月の修業を経てきたことで、つまらぬ思いに左右されずに、ただ仕事に打ち込めるようになった。

眼病に悩まされながらも啓吾が仕事を続けていることや、隠居して尚、三四郎が変わらぬ針さばきをしていることがただ喜ばしい。幹太は此度は災難だったが、弟子たちが健《すこ》やかに成長している様も咲には励みになった。

目を始め、身体の疲れは否《いな》めぬが、仕事は驚くほど捗《はかど》っている。ただし、「着物」に対する執着《しゅうちゃく》は薄れてきた気がした。

能役者の着物を、それも己が描いた意匠で縫うという長年の夢が叶《かな》いつつあるからか。はたまた、薄れたのは「弥四郎一家」に対する執心か……

小鍛冶の宗近は相槌がいないと剣は打てぬと言うが、咲はもう七年も一人で仕事をしてきた。着物の注文はこれからも難しいだろうが、強がりでも負け惜《お》しみでもなく、意匠から仕上げまで一人で担う小間物の――今の仕事の方が好ましく感じる。

弥四郎宅に通う合間に一度、修次が長屋を訪ねて来た。

無論咲は留守にしていたが、路の言伝《ことづて》によれば、杏輔からはまだなんの知らせもなく、ただ様子見に寄っただけらしい。

路は咲の分も洗濯《せんたく》を引き受けてくれていた。

——うちは毎日のことだから、お咲さんの分が増えたってなんてことないわ——

まだまだおむつが必要な賢吉《けんきち》と、ますますやんちゃになってきた勘吉を交互に見やって路は笑った。

長屋暮らしは持ちつ持たれつだ。己も常からできる限りのことはしているが、しばしでも洗濯の手間が省《はぶ》けることはありがたい。

千紗とは、しばしぎこちなく過ごした。だが手本を縫い終えて、着物に取りかかってからは少しずつ険が取れてきたようだ。多少なりとも、仕事ぶりを認めてもらえたからだろう——と、咲は勝手に合点《がてん》して喜んでいた。

小鍛冶の童子は稲荷明神の化身だが、稲穂を縫っていると、どうしてもしろとましろが思い出された。

双子と出会ってから、まだ一年と半年ほどだ。

——何か、面白いことでもないかねぇ……——

そんな他愛ないつぶやきがきっかけだったと咲は推察している。

神ならぬ咲に稲荷大明神の思惑《おもわく》はしれないが、「お遣い」だろうが、そうでなかろうが、しろとましろとの「ご縁」に感謝しつつ、咲はよどみなく針を動かした。

そうしてあれよあれよという間に時が過ぎ、弥生は二十日の昼下がりに謙太郎が帰って来た。

「おかげさまで、母を看取《みと》ることが叶いました」

母親は四日前の十六日に亡くなったそうである。下総国の実家から神田《かんだ》まで急いでも二日はかかる旅路ゆえに、翌日に野辺《のべ》送りを済ませ、更に翌朝に発ったという。

「それは慌ただしかったな」

「ですが、息を引き取る前に、半月余りも一緒に過ごせました。すぐに家に戻してくださったこと、父も兄弟も感謝しております。ありがとうございました。……それにしても、まさか幹太が怪我《けが》をしていたとは」

「面目《めんぼく》ないです」と、幹太。「でも、痛みはもうほとんどありませんから」

「とはいえ、無理は禁物だぞ」と、啓吾。「しっかり治せよ」

「そうとも」

大きく頷いた謙太郎もまた、咲と同じく兄弟子として啓吾を敬慕《けいぼ》してきた。

訃報《ふほう》は覚悟していたことであり、皆は謙太郎の帰宅を喜んでいるが、咲は複雑だ。

着物は穂を半分余り縫い上げてある。残りの五日で穂の残りとこよりを縫うことになっていたが――

謙太郎さんが帰って来たからには、私は御役御免《ごめん》か……

と思いきや、啓吾は咲に仕上げまで勤めて欲しいと告げた。

「いいんですか？」

「お前こそいいのか？　仕上がりも見ずに、今やめてしまっても？」

「私はもちろん、最後までしっかりやり遂《と》げたいですよ」

「うん。それなら最後までしっかり頼むよ」

そう言って微笑んだ啓吾はもうすっかり「親方」で、咲は万感の思いで頷いた。

旅の疲れを物ともせず、謙太郎が早速仕事に加わって、童子の着付は期日より二日早い二十三日に仕上がった。

最後の糸は咲が切った。

糸切り鋏や針などを一つずつ道具箱に仕舞って、咲は仕事場で皆に暇を告げた。

「では、私はこれで……お世話になりました」

「こちらこそ。此度は本当に助かった。ありがとう、お咲」

七年前に仕事場を去った時のことが思い出されたが、此度己が前にしているのは啓吾で、三四郎はただ後ろに控《ひか》えて微笑んでいる。あの時はなんともいえぬうら寂《さび》しさがあったものの、今は満ち足りた思いで咲は頭を下げた。

七年前に暇を告げた主な事由は啓吾の祝言だった。だが此度は己の仕事のために、望んで己の「家」へ戻るのだ。

また、そうしたところでここでの居所がなくなることはなく、たとえこの先この仕事場へ戻ることがないとしても、昨年三四郎が言った通り、己が「縫箔師弥四郎」の「うちの者」であることに変わりはないのだった。

一家は謙太郎が戻る前から次の注文を引き受けていて、皆は休むことなく次の仕事に取りかかる。

七ツの鐘《かね》を聞いて、まだ四半刻と経っていなかった。

台所で夕餉の支度を始めていたよりと千紗に暇の挨拶を繰り返すと、咲は表へ出た。

と、「お咲さん」と、千紗が後を追って来た。

「ちょっとお待ちになって」

「なんでしょう？」

見送りではあるまいと構えた咲を見て、千紗は微苦笑を浮かべた。

「もう半月ほど前のことなのですが、鍋町で偶然お駿さんと顔を合わせたのです」

「お駿さんと？　お千紗さんはお駿さんをご存じなんですか？」

前の長屋は多町《たちよう》にあり、連雀町《れんじやくちよう》の弥四郎宅からほど近い。しかしながら、千紗が長屋を訪ねて来たことはないがゆえに、咲は思わぬ話に驚いた。

「存じ上げておりますとも。三十間堀の播磨屋という乾物屋のおかみさんだそうですね。五十人からの奉公人がいらっしゃるとか」

いささか嫌み交じりに応えて、千紗は更に苦笑した。

「初めて顔を合わせたのは、お咲さんが独り立ちされた翌年でした。やっちゃばで話しかけられたのです。ちょうどご近所さんもいらしていて、その方がお義父《とう》さんやうちの人の名を口にしたので、私が啓吾さんの嫁だと気付いたようでした」

――お咲さんは、どうして独り立ちされたのですか？　お弟子さんは男の人ばかりでしょうから、やはり何か困りごとでもあったのでしょうか？――

そんな風に、咲と弟子の誰かとの仲を勘繰っていたらしい。

「困りごとなど何もありませんでした、ときっぱりお応えしました。あんな人のせいで変な噂が立ってしまったら、うちが困りますから」

「さようで……」

「のちにご近所さんが、あの母娘は噂好きだと教えてくださいました。お駿さんはやっちゃばでも、先日鍋町でお目にかかった折にも、お母さまとご一緒でした。でもって二人して、どうもお咲さんが、駕籠《かご》舁《か》きやら錺師《かざりし》やらとみだりがましい仲らしいとお話しされました。――ああ、ご心配なく」

咲の呆れ顔を見やって、千紗はくすりとした。

「播磨屋のような大店のおかみさんと違って、私には当て推量の噂話に耳を傾けている暇はありませんから。よしんば証があったとしても、下品な世間話はお店やおかみさんの評判を貶《おとし》めやしませんか？」

つまりはそのようなことを言って、駿を黙らせたようである。

「そうですね。本当にあの人の――あの母娘の噂好きには困ったものですよ」

同じく咲がくすりとすると、千紗は初めて「ふふっ」と笑い声を漏らした。

「ふふふ、本当にあんな人たちがいるなんて……つまらぬ噂をお伝えすることもなかろうとしばらく迷っていたのですが、やはり念のためにお知らせしておこうかと」

「ありがとう存じます」

咲を見つめて、千紗は再び口を開いた。

「あの着付……お客さまもきっと出来栄《できば》えに驚かれることでしょう」

「ええ、きっと」

自信を持って応えると、千紗は屈託《くったく》なく微笑んで、ゆっくり深く頭を下げた。

「ご苦労さまでございました」


千紗に見送られて弥四郎宅を後にすると、咲はその足で修次の長屋へ向かった。

「それが、秋海棠の方はまだ……」

咲が二十五日には戻ると見込んで、つい昨日、杏輔のもとへ喜兵衛を遣いに送ったが、杏輔はいまだ意匠を選びかねているという。

「なんだ。なんなら明日からでも縫い始めようと思ってたのに」

拍子《ひょうし》抜けした咲を、修次は柳川へ誘った。

修次の長屋がある新銀町は多町の北にある。壱や千紗の話を聞いて、駿が二月《ふたつき》と経たぬ間に三度は神田へ来ていると知った咲は、ついつい辺りを窺《うかが》った。

「どうした？　あいつらでも見かけたか？」

「いんや……」

首を振りつつ鍋町を抜けて大通りへ出ると、南からしろとましろがやって来る。

「ははっ、こりゃすげぇや。流石お咲さん、勘が冴《さ》えてるな」

「まあね」

肩をすくめた咲へ目を細めてから、修次は双子を呼んだ。

「おおい、しろ！　ましろ！」

「修次だ」

「咲だ」

近付いて来た二人は、今日はそれぞれ風呂敷包みを背負っている。

風呂敷は藍染《あいぞめ》の袷に馴染む鉄紺色で、咲は縫い上げたばかりの着付を思い出して笑みをこぼした。

「ご機嫌《きげん》だ」

「咲がご機嫌だ」

そう言う二人も何やらご機嫌だ。

「あんたたちこそ。――今帰りかい？　私らはこれから柳川に行くんだけど、おうちへ帰る前にちょいと食べてくかい？」

「帰らない」

「食べてかない」

即座に揃って首を振り、顔を見合わせてにんまりとする。

「これから寄り合い」

「今宵《こよい》は寄り合い」

「寄り合い？」

問い返した修次をよそに、双子はくすくす囁き合った。

「……に会える」

「……にも会える」

「みんなで寄り合い」

「楽しい寄り合い」

「ふふふふふ」

「ふふふふ」

忍び笑いを漏らしてから、しろとましろは咲たちを再び見上げた。

「だからまた今度」

「柳川はまた今度」

「おう、じゃあまたな」

「楽しんでおいで」

「はぁい」

「はぁい」

にこにこと双子が北へ歩いて行くのを見送りながら、咲たちは通りを東へ渡る。

「寄り合いか……王子《おうじ》にでも行くのかねぇ？」

「大晦日《おおみそか》でもねぇのにな……」

大晦日には諸国の狐たちが集まって、王子稲荷神社を参拝《さんぱい》するという言い伝えがある。

小首をかしげながら咲たちはまず、道具箱を置いて行くべく咲の長屋へ向かった。

――と、今度は木戸で壱と出くわした。

「お壱さん」

「まあ、お咲さん、お帰りなさい。お留守だったので、お路さんに言伝を頼んだところだったんですよ」

声を聞きつけて、勘吉が駆けて来る。

「おさきさん、おかえりなさい！　あっ、しゅうじさんも――おいらね、おいらもことづてきいたよ。おいちさんがね、きゅうなおはなしだけど、あしたいっしょになかへいきませんか、って。ね、おいちさん？」

「明日？」

「中へ？」

「その通り」

得意顔の勘吉と驚き顔の咲たちへ、壱はにっこり微笑んだ。

◎

朝のうちに、秋海がいる吉原の玉屋から指南を頼む遣いが来たそうである。

「向こう五日で都合の良い日でいいと言われたんですが、指南所の都合が良いのが明日でして、明日お伺《うかが》いすることにしたんです。それで、もしもお咲さんがよろしければ私の助手として、一緒に玉屋へどうかと思ってお誘いに来たという次第です」

「秋海さんに会えるのなら、是非《ぜひ》」

「会えますよ。昼までは千登勢《ちとせ》さんという呼出しに、昼からは秋海さんに教えることになっています」

「玉屋の千登勢か……」と、修次がつぶやいた。

呼出し昼三は張見世に出ることがなく、揚代《あげだい》も一両一分と最も格が高い遊女である。

「知ってんのかい？」

「そ、そりゃ名前くらいはな。細見《さいけん》に載っているからな」

吉原細見は年に二度刊行される吉原の案内書だ。妓楼《ぎろう》ごとに遊女の名や揚代などが連ねてある他、廓《くるわ》の絵図や引手茶屋、船宿、年中紋日《もんび》なども詳しく記してある。

「ふふ、残念ながら、修次さんはお連れできませんよ」

「まったく残念至極でさ」

からかい口調の壱に、修次もおどけて応えた。

「けれども、お咲さんにはいい機会だ。秋海に会ったら今よりいい意匠が浮かぶかもしれねぇし、中の女たちの小間物や指物なんかは、俺たちにはいい目の正月さ」

「だと嬉しいね」

まさしく同じことを考えていた咲は、口角を上げて頷いた。

翌朝は五ツに川北の花房町《はなぶさちょう》の角で待ち合わせて、浅草《あさくさ》からではなく、御成《おなり》街道から上《うえ》野《の》を通って吉原の西側から大門へと回った。

助手として受け取った大門切手を懐《ふところ》に、咲は壱の後について大門をくぐった。

吉原に足を踏み入れるのは、昨年の葉月《はづき》以来二度目である。昨年と違って、まだ朝のうちゆえに張見世に女たちの姿はなく、咲は幾分落ち着いて辺りを窺うことができた。

しかしながら、妓楼に入るとやはり気が引けた。昨年は遣手《やりて》と話すために一階の座敷に通されただけだったが、此度は二階の遊女たちの部屋を直《じか》に訪ねたからだ。風呂や髪結《ゆ》いなど、昼見世の支度に行き交う遊女とすれ違う度に大きな隔《へだ》たりを――格子《こうし》や手鎖《てぐさり》がなくとも見えない壁を――自分たちとの間に感じた。

湯上がりの千登勢はおそらく二十歳前後だが、化粧《けしょう》をしていなくても、呼出しの風格があった。といっても咲は他の呼出しを知らないが、呼出しとはかくやあらんと想像していた通りの美しく、気高く、艶やかな女である。

千登勢は相思ともいえる馴染みが将棋好きだそうで、壱からは将棋の手ほどきを受けているという。壱が将棋を教える間、手持ち無沙汰《ぶさた》の咲は千登勢の小間物を見せてもらい、これはという物は持参した紙に写し取った。

一刻ほど千登勢の贅《ぜい》を尽《つ》くした部屋で過ごしたのち、咲たちは秋海の部屋を訪れた。

座敷持の秋海の部屋は千登勢の部屋より見劣《みおと》りするものの、鏡台や行灯《あんどん》などは咲の物とは比べものにならぬ上物だ。秋海は見目姿も千登勢ほど華やかではないが、細身でも艶気があり、それでいて澄まし顔が愛らしい。

秋海は昼見世に出ない分、壱への謝儀より多い金を妓楼に入れているらしい。となれば、壱との時間は秋海には貴重な休息でもあるのだろう。

千登勢にそうしたように壱は咲を助手として紹介したものの、秋海はくすりとした。

「お咲さんは縫箔師でありんしょう？」

「まあ、ご慧眼《けいがん》」と、壱が微笑む。「どうしてお判りで？」

「お名前とその巾着でありんす。いただいた守り袋や、九之助さまというお客さまのお財布を思い出しんした」

咲が手にしている巾着には柳を飛び交う雀の縫箔が入っていて、無論咲の手作りだ。

「お咲さんは、縫箔師にして指南所のお師匠さんでもありんすか？」

壱と見交わして、咲は「いいえ」と正直に首を振った。

「とあるお客さまから、秋海さんへの贈り物の注文をいただいたんです。秋海さんの名にちなんだ、秋海棠の意匠の小間物です。いくつか下描きをお渡ししたんですが、なかなか気に入っていただけなくて困っていたところ、お壱さんが秋海さんをご存じで、今日こちらへお伺いするとお聞きしたので、連れて来てもらいました。一目でも秋海さんを目にすることができれば、もっとよい意匠を思いつくやもしれない思ったんです」

「とあるお客さまとは、どなたさまでありんすか？」

「それは申し上げられません。のちの楽しみにしてくださいませ」

「……承知しんした」

秋海は今日は、文に添える詩歌を習いたいという。だが、まずは謝儀を賭《か》けて碁を一局打とうと秋海と壱は碁盤を挟んだ。咲は二人の勝負を横目に、秋海が出してくれた秋海棠の意匠の小間物を眺め、およその意匠を写していく。

初めて見る修次のびらびら簪は、垂《しだ》れた花の一つ一つが精巧で美しい。

壱から聞いていた袱紗や紅猪口、根付の他、秋海は茶碗《ちゃわん》に箸、団扇《うちわ》と扇子《せんす》も持っていた。また、茶碗と団扇の意匠はそれぞれ杏輔に渡した下描きに——つまり三つの内二つに——似ている。

連れて来てもらってよかったよ。

帰ったら、急いで修次さんに相談しないと……

意匠を写しながら、咲は新たな意匠を考え始めた。

半刻ほどが過ぎ、盤上の空いている目が少なくなってきたところへ、遣手の泰《やす》がやって来た。

「先生方、ちょいとお邪魔しますよ。——秋海、あいつがまた来たよ」

「あいつ？」

「龍一《りゅういち》さ。お前に呼ばれて来たってんだけど、どうなんだい？」

「真っ赤な嘘《うそ》でありんす。わっちは呼んでいんせん。追い返してくんなまし」

「追い返しちまっていいんだね？」

「はい。あの男には二度と会いたくありんせん。どうせ揚代も持ち合わせていないでありんしょうが、あいつに買われるくらいなら身銭を切りんす」

「判った」

頷いて泰はすぐさま階下へ戻って行った。

だが、気を取り直した秋海が碁石を手に考え込んでまもなく、表から男の大声が聞こえてきた。

「秋海！　出て来てくれ！　俺だ！　龍一だ！」


「お客さま、困ります」

部屋の窓は龍一がいる通りに面しているが、秋海は窓辺に寄ることなくじっと盤上を見つめて耳を澄ませている。秋海の次の手を待つ壱と見交わして、咲も筆を止めたまま表の騒ぎに聞き入った。

「秋海！　聞こえてんだろう？　俺の話を聞いてくれ！」

「いい加減にしてください」と、番頭と思《おぼ》しき男の声がする。

「うるせぇ！」

「うるさいのはあなたさまの方です！」

番頭が龍一と言い合う中、別の男の声が割って入った。

「野暮《やぼ》な真似はよしねぇ、お前さん」

秋海がはっとして窓を見やった。

「なんだと？」

「しつこくすればするほど嫌われんぜ。何より、秋海は近々身請けされると聞いた。だからお前さんなんざ眼中にねぇんだよ。ここらで切り上げねぇと、玉屋どころか他の見世からも出入りを禁じられんぞ」

「あいつが身請け……どこの誰にだ？」

「さあな。だが秋海を好いていて、こっから出してやれるだけの金を持ったやつさ」

小走りに足音が――おそらく龍一が――遠ざかったのち、番頭の声がした。

「杏輔さま、助かりました」

「なんの」

「昼見世にいらっしゃるとはお珍《めずら》しい。秋海は、今日はその」

「いいんだ」と、杏輔は番頭を遮《さえぎ》った。「今日は所用のついでに寄っただけでな……またそのうちに」

二人のやり取りから、咲は龍一を追い払ったのが杏輔だと知った。

窓を見つめて秋海は小さく唇を噛んでいたが、番頭が別の客と話し始めると、咲たちへ微苦笑を寄越した。

「お騒がせしんした」

「身請けのお話がきているのですね？　もしや、今、龍一さんとやらを諫《いさ》めてくださった方からですか？」

思わず問うたのは、秋海の顔や仕草に恥じらいや不安を見たからだ。他の男との騒ぎを知られて、身請けがふいになってはたまらぬだろう。

「……いいえ。二人のお客さまから身請けの申し出をいただいておりんすが、杏輔さまではありんせん」

首を振った秋海の目と声に、咲は今度は恋情を見て取った。

「でも、あの人――杏輔さんも秋海さんの身請け話はご存じなのですね？」

「ええ。身請けのことは、この前いらした折にお伝えしんしたので……」

それなら、と咲は思った。

杏輔さんが迷っているのは意匠ではなく、贈り物をするか否かではなかろうか？

身請けを聞いたからには贈り物は無駄に思えるだろうが、馴染みなら餞《はなむけ》としてもおかしくない。同時に、秋海が杏輔へ身請け話を打ち明けたのは、やはり杏輔を好いているからだと咲は踏んだ。

「それで、杏輔さんはなんと？」

「よかったな、と。早く出られるに越したことはない、と仰っていんした」

「それだけですか？」

「それだけでありんす」

目を落としてから、秋海は苦笑とも自嘲《じちょう》とも見える笑みを浮かべた。

「杏輔さまが昼見世においでになることは、今までありんせんした。今日はどういう風の吹き回しかしりんせんが、『所用のついで』というのは方便で、新しい馴染みでも探しにいらしたんでありんしょう」

身請けを申し出た二人の内、一人は五十路《いそじ》のやもめの楽隠居、今一人は三十代だが正妻がいるそうである。秋海棠の意匠の贈り物の内、団扇と扇子、紅猪口と茶碗はそれぞれこの二人が張り合って調達してきた物だった。

「親父さまには、どちらでもわっちの好きな方を選んでよいと言われておりんす。なんならしばらく気を持たせて、身代金を吊《つ》り上げてやればいいとも……」

言葉を濁《にご》した秋海がようやく碁石を打つと、壱はすかさずぱちりと打ち返した。

今度ははっきり自嘲を漏らして、秋海は再び口を開いた。

「もうみんなに——きっと先生にも——ばれているでありんしょうから、話してしまいんすけど——」

はたして龍一は、秋海のかつての恋人だった。

「病で亡くなったというのは嘘で、仲間と営《いとな》んでいた店が行き詰まって、あちこちから借金を重ねていたんでありんす」

仲間が郷里の実家から送ってもらった為替《かわせ》が届き次第、請け出してやるからと懇願《こんがん》されて、秋海は渋々借金の形として吉原に売られてきた。

「あんな口先三寸の男に騙《だま》されて……わっちはまこと大莫迦者でありんした」

十二歳で父親を亡くした秋海は、深川の茶屋で働き始めた母親の代わりに家事と内職をしながら妹の面倒を見るようになったそうである。だが三年余りで母親が疝気《せんき》で亡くなると、家事は妹にまかせて母親の後釜《あとがま》として茶汲《ちゃく》み女になった。書方が得意だった秋海は内職で代書も引き受けていたものの、字が綺麗なだけで言葉も漢字もよく知らなかったため代書屋の稼ぎにはほど遠かったのだ。

「のちに知ったことでありんすが、おっかさんは時折、お金のために——私と妹のために——春をひさいでおりんした」

茶屋の店主も承知のことであった。やがて、妹が風邪《かぜ》をこじらせて肺を悪くした。薬礼に困った秋海に店主は幾人かの「客」を引き合わせ、龍一はその内の一人だった。

「妹は結句本復《ほんぷく》することなく、半年ほどで亡くなりんした。それで、わっちはあちらの客を断るようになりんしたが、龍一とは切れずにおりんした。龍一は仲間と深川で古道具屋を始めたばかりで、店が落ち着いたら一緒になろうという言葉を信じていたんでありんす」

しかしながら店が「落ち着く」ことはなく、秋海は二年前に吉原に売られた。

――俺は病で死んだことにして、客の同情を引いて大事にしてもらえ。中での借金がかさまねぇうちに――一月もすりゃ請け出してやるからよ――

惚れた弱みでそんな龍一の言葉を真に受けた秋海は、一月、二月と過ぎるうちに事情を悟《さと》った楼主と遣手に教えられて、騙されたことを知った。仲間の実家などとうになく、為替云々は方便でしかなかったのだ。

「唯一、龍一が騙《かた》れと言った身の上話は役に立ちんした」

恨《うら》みつらみと悔いを隠して、秋海は偽《にせ》の身の上話を貫いた。もう二度と男を信じまいと決心し、間夫をつくらず、馴染みといえどもつれなくしていたという。

「それがまあ、怪我の功名となりんして、お客さまには恵まれんした」

禿《かむろ》を経てこなかったにもかかわらず、早くに座敷持となり、いまや二人の客が落籍を望んでいるのである。

「どちらさまにも惹《ひ》かれんせんが、そろそろ潮時《しおどき》でありんす……どこで聞きつけたのか、龍一はわっちに金満家がついたことや、代書で小遣い稼ぎをしていることを知って、先だって――この期《ご》に及んで――間夫気取りで金をせびりに訪ねて来んした。言うまでもなく突っぱねてやりんしたが、性懲《しょうこ》りもなくまた現れるとは……」

悔しげに唇を嚙む秋海へ、壱が問うた。

「ですが、身請人を決めかねているのは、杏輔さんが気にかかっているからでしょう？　先月お会いした時にお話ししていましたね。年増になって、びらびら簪はもう似合わないから、代わりに平打《ひらうち》をねだったと。そのお相手は杏輔さんだったのでは？　平打なら外でも使えますものね」

壱がちらりと咲を見やった。注文主の名は伝えていなかったが、壱は咲が簪入れを頼まれたことを知っている。

壱と盤上をそれぞれ見つめたのち、秋海は「負けんした」と頭を下げた。

「ご推察の通りでありんす。男なんてもう二度と信じまいとしておりんしたが、杏輔さまには親身にしてもらいんしたえ……それで身請け話が出始めた頃、何か外でも身につけていられる物が欲しくて平打をねだってみんした」

「身請けは頼んでみなかったんですか？」

「杏輔さまはお店の若旦那ではありんすが、豪商人でも遊び人でもありんせん。身なりにも遊び方にも贅沢はなく、揚代も贈り物も少々苦心してやりくりしているようでありんして、身代金を賄えるとはとても思えんせん……そもそも、杏輔さまがわっちの馴染みになったのは、ただの意趣返しでありんす」

「意趣返し？」

「杏輔さまは初め、寄り合い仲間と一緒に遊びに来んした。この寄り合い仲間には昌利《まさとし》さんというお人がいらして、杏輔さまはこの昌利さんへの意趣返しとして——昌利さんがわっちを気に入ったのを見て取って——先にわっちを名指ししたのだと、昌利さんの相方からのちに聞きんした。なんでも昌利さんは、杏輔さんの想い人を奪っておかみさんにしたそうでありんす」

秋海の話に頭を巡らせつつ、咲は問うた。

「秋海さん、『この前』というのは——杏輔さんに身請け話をされたのは、いつのことですか？」

「先月の月末でありんす。言っても詮《せん》無いことだと黙っていたんでありんすが、これからしばらく店が忙しくなると言われ、暗にもう会えないと――愛想を尽かされたのかと思いんして、つい……結句、あれからお見限りでございんす」

秋海は方便だと疑っているようだが、杏輔が多忙なことは咲も聞いている。

けれども、それならどうして昼見世にやって来たんだろう……？

月末に秋海から身請けを聞いたなら、咲が修次を訪ねた弥生《やよい》朔日も、喜兵衛が様子窺いに行った一昨日も、杏輔が「迷って」いたことは頷ける。

だが、およそ一月も迷った末に、今まで来たことのない昼見世に現れた事由が、新しい馴染み探しとは――ただの息抜きとも――咲には思えなかった。

本当は、秋海さんに最後の別れを告げに来たんじゃないだろうか？

それとも……

束の間迷って、咲は「注文主」が杏輔であることを打ち明けた。修次が簪を頼まれたことも。

「杏輔さまが簪と簪入れを……？」

「ええ。意匠を迷っているとはお聞きしていますが、贈り物を取りやめるとは聞いていません。ですから、身請けは今少し待っていただけませんか？　なんなら今日これからでも、杏輔さんの思惑を探って参ります」

「これから？」と、秋海と壱が声を揃えて目をぱちくりした。

じっと咲を見つめることしばし、秋海はおもむろに頭を下げた。

⊛

秋海から訊き出した杏輔の店の名は「胡桃屋《くるみや》」だった。

上野は元黒門町《もとくろもんちょう》にあり、咲にも覚えがあった。昨年、根津《ねづ》権現《ごんげん》からしろとましろに連れられて稲荷寿司を食べに寄った、不忍池《しのばずのいけ》からほど近い飯屋である。

指南を早々に切り上げて壱と共に寄ってみると、杏輔は既に店に戻っていた。

杏輔と半刻ほど話し込んだのち、壱は吉原へ折返し、咲は修次のもとへ急いだ。

「どうした、お咲さん？」

「どうしたもこうしたも——」

玉屋に龍一と杏輔が現れたことから、秋海の身の上話、それから杏輔の打ち明け話を驚き顔の修次に次々伝える。

杏輔が秋海の馴染みとなった成りゆきは、秋海が言った通りだった。

杏輔にはかつて、なみという相思の女がいたのだが、仁王門前町《におうもんぜんちょう》で料亭を営む昌利が、なみの家の借金を肩代わりすることと引き換えになみを娶《めと》ったのである。

「なるほど。それで意趣返しに、昌利が目を付けた秋海を名指ししたのか」

「まあね」

意趣返しが目当てであったが、杏輔は秋海に、同じように借金のために昌利に「買われた」なみを重ねて、同情を禁じえなかった。

昌利への見栄《みえ》と秋海への同情から吉原通いを続けるうちに、杏輔はなみの裏切りを知った。借金は本当だったが杏輔が聞いていた額よりずっと少なく、なみは一膳飯屋に毛が生えたような飯屋の若旦那の杏輔と、格式高い料亭の店主である昌利を秤《はかり》にかけて、結句昌利を選んだのだった。

自然と杏輔は、亡き恋人への想いを貫いている秋海に好意を抱き始めた。そうして一年ほどが過ぎたのち、所用で訪ねた深川で、寝物語に聞いた龍一や古道具屋の名を頼りに龍一のことを少し訊ねて回った。

「秋海さんが、いまだ想いを懸《か》けている男を知りたかったってんだけど」

「代わりに、秋海の身の上話が嘘だと知ったんだな？」

「ご明察」

なみに次いで秋海にも裏切られた気がしたものの、秋海への想いは深まった。

——ただ、それが同情なのか恋情なのか、なんとも判じ難くてな……けれども、身請け話を聞いてどうしようもなく心が揺れた——

「秋海さんの前では平気で平左を貫いたけど、身請人として名乗りを上げるか否か、身請けするとしても、親御さんの説得やらお金の工面《くめん》やらはどうしようかと、ここしばらく悩んでたってんだよ」

両親を説《と》き伏せ、身代金の目処《めど》も立ち、ついでに店の人手も得て一息ついた杏輔は、ようやく昨日肚《はら》をくくった。

「それで勇《いさ》んで玉屋を訪ねて来たんだけど、張見世に秋海さんの姿が見えなかったから、また迷っちまったんだって」

――そもそも秋海は私の身請けを望んでいるのか？　もしもそうなら、平打じゃなく櫛をねだったんじゃないか？　楽隠居の後妻や大店の妾《めかけ》と違って、うちじゃあ左扇とはいかないからな。簪は餞にねだっただけで、私のことなんざ眼中にないんじゃないか？　なんて、この期に及んで怖気《おじけ》付いちまってね……そうしたところへ、龍一が見世から出て来たんだ――

そう言った杏輔は、秋海の「身代金を賄えるとはとても思えんせん」という台詞を咲から聞いて、苦笑を漏らした。

「たりめぇだ」と、修次。「胡桃屋は飯屋だが、広小路に面してんだぞ。そう高くはねぇのにあの辺りの飯屋の中じゃ一際《ひときわ》旨くて、番付にも載ってっから、町の者にはもちろん、お上りさんにも大人気で、朝から晩まで客が途切れることがねぇ。なんなら、昌利ってやつの料理屋より儲《もう》けがあるんじゃねぇか？」

「うん、杏輔さんもそう言ってたよ。おなみさんは――昌利さんも――そうとは知らないみたいだけどね」

よって、店の蓄《たくわ》えは充分あるのだが、まだ若旦那の杏輔には自由にできぬため、己が貯めてきた「小遣い」と友人や両親からの借金で身代金を賄うそうである。

「杏輔さんほどの男でも怖気付くたぁ、それだけ秋海に本気なんだな」

あんなお人でも――と、咲も思った。

杏輔はおそらく二十五、六歳で咲より少し若い。秋海が評した通り、身なりに贅沢は見られなかったが、若旦那としての体裁と風格は整っており、何より顔立ちが良い。その上、囲碁や将棋、詩歌にも通じていて、町では――殊に女たちに――人気らしい。店の人手が足りなくなったのも、杏輔を狙っていた給仕の女が二人、望みなしと知って相次いで辞めたからだった。

杏輔が詩歌をたしなんでいることは、秋海への返し文で知れた。思えば、秋海が詩歌を学んでいたのも、算盤を学びたいと考えていたのも杏輔への恋情からだったのだろう。

杏輔に宛てて秋海が咲に託した文には、小野小町《おののこまち》の歌をもじった歌が添えられていた。

《思いつつ　寝《ね》ればや杏《あんず》の見えつらむ　夢と知りせば　覚《さ》めざらましを
せめて今一目、うつつで会いとうござりんす　秋海》

小野小町の歌では「杏」が「人」――想い人――と書かれているそうだが、「杏」が杏輔であることは詩歌の心得がない咲にも明らかだ。

――「恋しく想いながら眠りについたからでしょう。あの人が夢に出てきました。夢だと判っていれば目覚めなかったのに」という恋歌なのですよ――

咲にそう教えた壱は返し文の届け役を申し出て、そんな壱に杏輔はすらすらと文をしたためた。

《海により　思ひならひぬ世の中の　人はこれをや　恋といふらむ
月末までには必ずやゆく　春や何卒《なにとぞ》待たれたし　杏輔》

「在原業平《ありわらのなりひら》か……」と、修次がにやりとした。

「知ってんのかい？」

修次まで詩歌に造詣が深いとは思わず、咲は驚いた。

「この歌はな。先だって歳永《としなが》さんに教わったのさ。俺の心情にぴったりの歌があるってんでな。俺が習ったのは『君により』だったが、『秋海により』じゃ字余りか」

在原業平は言わずと知れた色男で、小野小町と同世代を生きた。元歌の出だしは修次が習った通り「君により」で、壱曰く「あなたに出会い、人を想う心を学びました。世の中の人はこれを恋というのでしょう」という意味だという。

胡桃屋でこの歌を聞いた己が、修次を思い浮かべたことは今は内緒だ。

にっこりして己を見つめた修次へ、咲もにっこり微笑み返した。

「字余りってのもあるけど、それだけじゃないよ。深川へ行った折に、杏輔さんは秋海さんの名前も知ったんだ。秋海さんの本当の名は春の海で春海《はるみ》。おとっつぁんがなかなかの学者で碁打でもあったから、渋川《しぶかわ》春海ってお人にちなんで名付けしたそうだよ」

これまた壱曰く、渋川春海は八十年ほど前に没した天文暦学者で囲碁棋士でもあった。

「そうか。なら『春や』の春は、四季じゃなくて春海の春か……」

弥生のうちは暦の上では春である。暦の春と春海の名をかけて、杏輔は己が秋海の過去や嘘、本名を知っていること、その上で尚《なお》、秋海に恋心を抱いていることを伝えようとしたらしい。「月末までに」としたのは、友人から金を受け取り、身代金の耳が揃うまでもう四、五日かかるからだそうである。

「それにしても、お壱さんは奇特なお人だな。返し文を届けに、また中まで戻って行ったとは」

「まったくだよ」

――ふふふ、それにしても奇特な方ですね、お咲さんは。今日会ったばかりの遊女のために、飛脚を申し出るなんて――

――とんでもない。これだけ手間暇かけたんですから、今更注文を取りやめて欲しくなかったんですよ。奇特なのはお壱さんでしょう。今からまた中まで戻るなんて――

――だって、一刻でも早く知らせてやりたいじゃないですか――

壱とのやり取りを思い出して、咲はくすりとした。

「それに比べて杏輔さんは、金が揃うまでなんて言ってねぇで、明日にでもまた会いに行ってやりゃあいいのに」

「根が真面目《まじめ》なお人だからね。今日はちょいと勇み足だったけど、相思だって知れたからには、落ち着いて、しっかり事を運びたいって気持ちは判らないでもないさ」

どことなく恋に臆病《おくびょう》な杏輔に己を重ねて咲が言うと、今度は修次がくすりとした。

「ふうん、そんなものか」

「そんなものさ。揚代だって莫迦にならないし……それより、簪はやめになったよ」

「えっ？」

「妻問いなら、やっぱり簪より櫛だろうってんでね。意匠は秋海棠のままで、後は全て任せると言われたからさ。これから急いで作らなきゃ。そのためにこうしてあんたを訪ねて来たんだよ」

杏輔から返してもらった下描きと、秋海の部屋で写してきた絵を咲は広げた。

茶碗と団扇に似た二つの意匠を外してから、まずは櫛と櫛入れの大きさを決める。

「秋海さんなら、丸形より京形の方がいいと思うのさ」

京形は櫛の形の一つで、峯《みね》の両端に角がある。

「うん、京形で、花をたくさん入れられるよう峯幅を広くしよう」

「でも、銀だとあんまり峯が広いと重くなっちまうよ」

「だから歯は長めにして、峯は透《す》かしにするさ」

「だったらついでに櫛幅は短めに三寸足らず――二寸六、七分としちゃあどうだい？」

「そうだな。小振りな方が、秋海にも秋海棠にも合いそうだ」

打てば響くやり取りが心地良い。

あれよあれよと形と大きさを決めてしまうと、次は意匠に取りかかる。

平打の飾りは小さく、袋状にした簪入れは細長いため、意匠を揃えるにも重ねるにも苦心がいった。だが、櫛と櫛入れならもっと自由が利く。

「花はやっぱり、上向きより垂れている方がいいだろう」

「うん。でもこう……少し向きを揃えて、茶碗の意匠に似ないように……」

それぞれ筆を取り、額を合わせて、同じ紙面に秋海棠を描き入れていく。

「蓋《ふた》の裏はどうする？　無地のままか？」

「いんや」

長さ六寸、幅二寸としていた簪入れでは、折り返す蓋の大きさも限られていた。ゆえに裏地は無地としていたが、櫛入れなら、一昨年、元昼三だった輝《てる》に縫った物のように三つ折りにして、開いた時に蓋の裏と併せて櫛二つ分ほどの刺繡《ししゅう》が入れられる。

その分、手間もかかるけど――

「表は葉っぱを多めにしよう。内側の花が映えるように……でもって、こう、開いた時に下半分を櫛と重ねることにして、上半分は花を少なめに」

「そんなら、櫛入れの方は蕾《つぼみ》を多めにしちゃあどうだ？　そうすりゃ櫛を重ねた時に」

「花が開いたように見える――」

「そうそう、その通り」

声を弾ませて頷いてから、修次は微笑んだ。

「楽しいな、お咲さん」

「うん」

「なんだか、あいつらを思い出したさ」

「あいつら？」

「しろとましろさ。ほら、神社で小鍛冶を見してくれたろう？　――宗近が一つ目の槌をはったと打てば」

「明神さまがちょうと打つ」

「ちょう」

「ちょう」

「ちょう」

「ちょう」

双子を真似て相槌を打ち合うと、咲たちはこらえきれずに揃って噴き出した。


灌仏会《かんぶつえ》の翌日の卯月は九日。

早めの昼餉を済ませて日本橋《にほんばし》へ行く支度をしていると、三四郎が長屋を訪ねて来た。

「親方、どうしたんですか？」

「どうしたもこうしたも、着付代をいただいたから、お前に手間賃を払いに来たのさ」

「ああ……」

弥四郎宅から戻った翌日には吉原へ、そののち四日は櫛入れの縫箔に夢中だった。櫛入れを仕上げてしまうと、着付のために手が回らなかった守り袋や匂い袋に取りかかり、昨晩ようやく一息ついたところである。

「なんだかもう、三月は前のことのようですよ」

「忙しそうで何よりだ」

金が入った包みを差し出しつつ、三四郎は微笑んだ。

「着付は大層気に入ってもらえてな。たっぷり心付をいただいた。実は、此度のお客さまの高尾《たかお》さまは寛十朗《かんじゅうろう》さんと知己《ちき》でな……」

「寛十朗さんというと、どちらさまで？」

「うん？　寛十朗さんを知らんのか？　なら、歳永さんはどうだ？」

「歳永さんなら存じております。薬種問屋の永明堂《えいめいどう》のご隠居ですね。如月《きさらぎ》には直にお目にかかりました」

「うむ。寛十朗さんは歳永さんのご友人だ。材木問屋のご隠居で羽振りが良くて、歳永さんに負けず劣らずの粋人で、お前に人形の着物を作らせたこともあるとか」

「あっ、判りました」

桜《さくら》という妾にねだられて咲が作った七草の煙草入れを与え、桜を模した人形を楠本英《くすもとひで》治郎《じろう》に作らせて、縫箔入りの着物を着せた客である。

「高尾さまは寛十朗さんや歳永さんからお前の話を聞いていて、それから関根《せきね》さんが頼んだ腰帯やら、彰久《あきひさ》さんの半襟やらお前が作った物を目にしていた。だから、お前が此度の仕事に加わることを快《こころよ》く、すぐさま了承してくださったのだ」

遠藤《えんどう》彰久は観世流《かんぜりゅう》のシテ方の跡継ぎだ。咲は彰久の許婚の歌《うた》の注文で、半襟を松葉の意匠で縫ったことがある。

高尾は武士だが能をたしなみ、自ら舞うこともあるという。粋人としても知られていて、歳永や寛十朗とは香道や書道を通じて知り合ったそうである。三四郎が初めにこれらのことを伝えなかったのは、万が一にも咲が慢心せぬようにという配慮からだった。

「さようで……親方も、歳永さんや寛十朗さんをご存じだったんですか？」

「お前が縫った物がご縁でな」

「えっ？」

「町の寄り合いに玄《げん》さん――玄治《げんじ》さん――という書道をたしなむお人がいるんだが、寛十朗さんと知り合いで、もう随分前の話になるが、寛十朗さんから妾にやったという七草の煙草入れのことを聞いたんだ。玄さんはお前が私のもとにいたことを知っていたから、寛十朗さんには私のことを、私には寛十朗さんのことを話したのさ。それで玄さんを通じて、寛十朗さんのご友人の歳永さんがお前を贔屓《ひいき》にしていることや、寛十朗さんが頼んだ人形の着物をお前が手がけたことを知ってな……着物がどんな風に仕上がったのか知りたくて、玄さんに橋渡ししてもらったんだ」

折しも歳永も人形と着物を見たがっていて、結句、料亭・鴇巣《とうのす》に三四郎と玄治、寛十朗と歳永の四人で集ったそうである。

「歳永さんの松ぼっくりの煙草入れと財布も、その時に見せてもらった。ついこの睦月《むつき》のことだ。皆がお前のことを褒《ほ》めそやして、私は終始鼻高々だったさ」

「そんなことが……」

ご縁、と聞いてしろとましろが思い浮かんだが、咲は即座に内心頭を振った。

双子は稲荷大明神のお遣い狐の化身であり、二人の「お遣い」は主になんらかの「縁結び」だろうと咲は考えている。しろとましろを始めとした折々の出会いは、いわゆる「ご利益」や「神通力」、はたまた「天意」によるものやもしれない――とも。

だが同時に、自分が紡《つむ》いできた時と努力をないがしろにするつもりはこれっぽっちもなかった。

己は修業を始めてからずっと縫箔を愛してきた。

ずっと――才や技に甘んじず――高みを目指して努力をしてきた。

ゆえに此度の「ご縁」は三四郎が言う通り、己が結びつけたと信じたい。

「嬉しゅうございます」

「うむ。それで――それでだな……」

急に歯切れを悪くして、三四郎は切り出した。

「玄さんが何やら、お前によさそうな者を見つけてきたと言うんだが、どうだ？」

「よさそうな『もの』とは……？」

「男だ。つまり嫁ぎ先だ」

思わず目をぱちくりしたのち、咲は手を振った。

「ご冗談《じょうだん》を。今更身を固める気はありませんよ」

「冗談ではなさそうなのだが……そうか、身を固める気はないか」

「ありません」

きっぱり応えたものの、つい修次のことが頭をかすめる。

着付を縫っている間、咲は皆と仕事を共にする弥四郎宅よりも、意匠から仕上げまで一人で担う自分の仕事場の方が好ましいと思った。

けれども、たまには相槌も悪くない――

「何がおかしいんだ？　お前はまだ三十路《みそじ》前なんだから――いや、三十路を過ぎたって
お前なら、いつ何時縁談がきてもおかしくないぞ」

櫛と櫛入れの出来を思い出したからか、知らずに口元が緩んでいたようだ。

「そりゃ親莫迦ってもんですよ、親方」

「む……まあ、一人の気安さは判らんでもないがな、誰かと苦楽を共にするのも悪くは
ないぞ。そういや、前に言ってたじゃないか。一人二人、言い寄って来る男がいないこ
ともない、と」

「ええまあ。ですがそれはそれ、これはこれ。身を固めるかどうかとは別の話です」

「別の話か……やれやれ、お咲」

「すみません」

「お前が謝ることはないんだが、玄さんをどうしたものか……困ったな」

三四郎につられて、咲も苦笑を浮かべて繰り返した。

「どうもすみません」


見送りを兼ねて長屋を出ると、三四郎とは通町《とおりちょう》で別れた。

久しぶりの桝田屋では、美弥と志郎《しろう》の他、寿《ひさ》まで客の相手をしていた。

この一月余りで美弥のお腹はますます大きくなっていて、立ったり座ったりでさえ大変そうだ。

「嬉しいわ。随分お見限りだったもの。お着物は無事に仕上がったの？」

「ええ。そりゃあもう、しっかりと。本当は朔日にでもお訪ねしたかったんですが、ちょいと急ぎの仕事があったものですから、今日になってしまいました」

「明日になるかと思っていたから、一日でも早く来てくれて助かったわ。守り袋のこと、何度も訊かれたのよ。それから昨日、守り袋を注文したいというお客さまがいらしたの。まだ意匠は思案中で、灌仏会にお出かけになる道中だったから委細は決まっていないのだけど、お咲さんは多忙だとお伝えしたら、手付を置いていかれたのよ。ふふふ、お咲さんも守り袋も巷《ちまた》で評判になっているそうよ」

「こちらも大繁盛じゃありませんか」

目を細めた美弥に笑みを返して、咲は上がりかまちで守り袋を納めた。

弥四郎宅での仕事や、秋海と杏輔のことも話したかったが、となると修次の話も避けられない。途切れぬ客を見て取って、今日のところは黙って帰ることにする。

続いて匂い袋を納めに瑞香堂の暖簾をくぐると、上がりかまちに伊麻《いま》と九之助がいた。

「お咲さん！」

喜び勇んで立ち上がった九之助の隣りで、伊麻が苦笑を浮かべた。

「ややや、これぞお狐さまのお導き——見てくださいよ、この扇子」

九之助が手にしていた扇子を開いて扇《あお》ぐと、白檀《びやくだん》の甘く爽《さわ》やかな香りが漂った。ごく薄い板を綴《つづ》った板扇で、躍り跳《は》ねている九尾狐の絵が描かれている。

「こりゃまた凝《こ》ってるね」

「そうでしょう、そうでしょう」

九之助が得意げに頷いた矢先、「お咲さん！」と背中から声がかかった。

振り向くと、駿が暖簾をくぐって現れる。

「すぐそこでお見かけしたので、追いかけて来たのよ。奇遇ね。またこの店でお会いするなんて」

「はあ」

「あら、こちらはどちらさま？」

「私は狐魅《こみ》九之助と申します。しがない戯作者《げさくしや》ですが、どうかお見知りおきを」

「戯作者……」

駿が興味津々で九之助と己を見つめる横で、伊麻と聡一郎《そういちろう》が見交わした。

「お咲さんはお顔が広いんですね。駕籠舁きに錺師、戯作者ともお親しいなんて」

「お親しいというほどじゃ……昨年、財布の注文をいただいたんですよ」

「そうそう、それがこの財布です」

扇子を畳んで袖に入れると、九之助は嬉々として九尾狐の刺繍が入った財布を懐から取り出した。

「見てくださいよ、この見事な刺繍。いろんな人に見せびらかしているんですがね。皆さん感心しきりでして、私はもう鼻が高いのなんの」

「ほんに素晴らしい出来栄えですこと」と、横から伊麻が口を挟む。「これほどの逸物にはなかなかお目にかかれませんわ。私も昨年、蠟梅《ろうばい》の半襟を縫ってもらったのですけれど、あちらこちらからお褒めの言葉をいただきましたわ」

財布を見つめて黙り込んだ駿へ、伊麻が九之助と一緒になって褒めそやす。

伊麻と再び見交わして、聡一郎もにこやかに口を開いた。

「桝田屋さんの守り袋が大層評判なので、うちにも匂い袋を作っていただくことにしたんです。この匂い袋がまた大人気でして」

「そうそう、匂い袋」と、九之助。「歳永さんから、ついでの折に買っておいてくれと頼まれたんですが、もう三回も振られてるんです。お咲さん、今日は匂い袋を納めにいらしたんですよね？」

「ええ」

「よかった！」

咲が巾着から取り出した匂い袋を二つ並べて見せると、駿も九之助の横から覗き込む。

「柄違いか……両方いただいてってもいいですか？」

「それはご勘弁を」と、聡一郎。「他にも心待ちにしてくださっているお客さまがいらっしゃいますので。どちらになさいます？　常式か、変わり種か？」

「歳永さんなら、変わり種の方を喜びそうです。ああ、香は沈香で」

「かしこまりました」

聡一郎が匂い袋を整えに離れると、九之助は再び咲へ向き直った。

「秋海のこともお聞きしましたよ。修次さんが櫛、お咲さんが櫛入れを作ったそうで」

「お耳が早いですね」

「ははは、実は中にもつてがなくもなく……」

「まあ、なんのお話ですか？」と、目を輝かせた伊麻の隣りで、

「中ですって？」と、駿は眉をひそめる。

「秋海という女性のために、上野の胡桃屋って店の若旦那が、秋海棠の意匠の櫛と櫛入

れをお咲さんと修次さんに作らせたんです。ああ、修次さんというのは錺師です」

「修次さんなら存じております」と、駿。

「さようで。秋海には他に二人も身請けを申し出ていたというのに、秋海は胡桃屋の贈り物の櫛と櫛入れが大変気に入って、結句、胡桃屋に嫁ぐことにしたんです。妻問いに櫛とはありきたりですが、あの修次さんの櫛ですからね。それにお咲さんの櫛入れ付きだってんで、いつもは取り澄ましている秋海が喜びも露《あら》わに、一も二もなく身請けを諾《だく》したってんですよ」

にこにこしながら九之助が言うのへ、駿は微かに鼻を鳴らした。

「上野の胡桃屋というと、広小路の飯屋でしょう？　あすこの若旦那は男振りはよしとしても、吉原女郎を身請けするほど甲斐性《かいしょう》があるのかしら？　女郎ごときで身代を潰す羽目《はめ》にならなきゃいいですけどね」

確かに杏輔は親や友人から借金をして秋海を請け出したが、胡桃屋の身代とは別の話だ。二親も杏輔も堅実な上、これからは秋海も看板娘ならぬ「看板若おかみ」となって、店はますます繁盛しそうである。

杏輔を庇おうと、また、とうとう駿にちくりと物申したくなって咲は微笑んだ。

「お駿さんも随分お顔が広いんですね。胡桃屋の若旦那までご存じだなんて。そりゃ、五十人からも奉公人がいる播磨屋にはとても敵《かな》わないでしょうけれど、胡桃屋は番付にも載っていて、町の者にも人気の店ですから商売は上々だそうですよ」

「……さようですか」

「さようですとも。――ああ、そうそう。お駿さんは湯島のお壱さんもご存じなんですよね。お壱さんからお伺いしました。秋海さんの櫛入れを作るのに、お壱さんには随分お世話になったんですよ。お壱さんは読み書き算盤はもちろんのこと、詩歌や将棋、囲碁、算術や本草学にも通じていて驚くばかりの才を持ったお人ですよね」

「そ、そうですね」

「そういえば、うちのおかみさんともお知り合いだったんですってね」

「うちのおかみさん？」

「お千紗さんですよ。先月、着物を頼まれて四代目のところへしばらく通っていたんです。その折に、おかみさんからお駿さんと顔を合わせたことを聞きました」

「そ、そういえば、先月鍋町でばったりと……」

壱と千紗、二人からつまらぬ噂話を聞いたことを匂わせて、咲は畳みかけた。

たじたじとなった駿に気付いているのかいないのか、九之助がにこやかに問う。

「あなたはお駿さんと仰るんですね？」

「ええ……」

「私が前に住んでた長屋にいらしたんです。もう大分前——私が引っ越す前に、三十間堀の播磨屋という大店に嫁がれたんですが」

「三十間堀の播磨屋というと、乾物屋の？」

「そ、そうです」

「へぇ、こりゃまたお狐さまのお導きかな」と、九之助は顔を輝かせた。「私は氷豆腐が好物でしてね。江戸では播磨屋の氷豆腐が一番のお気に入りなんですよ。黒豆や葛粉《くずこ》も播磨屋のものは頭一つ抜きん出て旨い。播磨屋は旦那さんの舌が肥《こ》えていて、どの商品も旦那さんが一つ一つちゃんと味見をしているそうですね。その上商売上手で、代替わりしてからますます繁盛されているとか。そうですか。あなたがあの播磨屋のおかみさんですか。まるで知らなかったなぁ。お店で見かけたことも、話に聞いたこともなかったもんだから……ここは是非、旦那さんによろしくお伝えください。この狐魅九之助、これからも播磨屋を贔屓にいたしますから」

「それはもう……ありがとうございます」

「いやいや、こちらこそ、いつも旨い物をありがとうございます」

九之助の無邪気な笑みとは裏腹に、駿の笑顔は貼り付けたようにぎこちない。

「で、では私はこれにて。お咲さんにご挨拶したかっただけですから」

「ごきげんよう」

図《はか》らずも声を重ねた咲と伊麻は、駿が去ったのち、顔を見合わせてくすりとした。

「お狐さまのお導きかどうかはしらないけれど、九之助さん、あんたのおしゃべりもたまには悪くないね」

「ええ、今日は悪くなかったわ」

咲と伊麻が頷き合うと、九之助は束の間きょとんとしたのちにっこりとした。

「よかった。何かまた余計なことを言ったかと冷や冷やしましたよ。——ところで、お咲さん。お咲さんもお壱さんとお知り合いだったんですね？」

「ということは、九之助さんも？」

「はい。あはははは、みんな巡り巡ってつながっているもんですね。まさに今宵、お壱さんや歳永さんを交えた歌会が浅草であるんですよ。お咲さんもいかがですか？」

「とんでもない。私は歌なんてろくに知らないもの。身の程はわきまえてるよ」

巡り巡って——

九之助こそあちこち顔が広いようだが、咲たちには詮索好きの無礼者で、気疎《きうと》いことに変わりはない。だが、これもまた何かの縁には違いないと、咲は再びくすりとしながら伊麻と見交わした。

◎

歌会を断ったのは詩歌をよく知らぬからだが、祝言のためでもある。

今宵、咲と修次は身寄りがいない秋海改め春海のために、また仲人として胡桃屋での祝言に招かれているのだ。

成りゆきで瑞香堂から日本橋までの六町ほどを、浅草へ向かう九之助と歩いた。

九之助曰く、狐は冬の季詞ゆえに、冬と近い春と秋はともかく、夏の歌詠《よ》みには苦労しているらしい。

「では、秋海――いや、春海さんと若旦那にどうぞよろしく。胡桃屋には近いうちに寄せてもらいます。お咲さんたちが作った櫛と櫛入れを見に行かないと」

「うん。お壱さんと歳永さんにも、よろしくお伝えしておくれ」

日本橋の北の袂《たもと》で九之助と別れると、咲は一旦長屋へ戻るべく足を速めた。

一町余り早足で歩いて越後屋の前まで来ると、後ろから小走りに近付いて来た者が囁いた。

「お咲さん。どうかお待ちになって」

振り向くと、咲が神鹿《しんろく》かと疑っている花野《かの》だった。

しろとましろも花野のすぐ後を追って来る。

「先ほどお見かけしたんですが、なかなか声をかけられなくて」

「咲はせっかち」

「ほんとにせっかち」

「いつもみたいに、大声で呼んでくれりゃあよかったのに」

「だって九之助と一緒だった」

「九之助には気付かれちゃ駄目」

三人は日本橋の南側で咲に気付いたが、九之助と共にいたため、声をかけずに後をつけて来たという。

「しろとましろから聞きました」と、花野。「あの男の人は二人の守り袋を狙っているそうですね。それでお咲さんは、あの者が本当に悪者かどうか探っているのだと」

「うん、まあね。お花野さんも九之助さんには近付かない方がいいよ。あの人は悪者じゃあなさそうなんだけど、狐に――殊にお稲荷さんのお狐さまに、尋常《じんじょう》じゃない執着があるからね」

「お稲荷さまのお狐に……」

口元へ手をやって、花野が青ざめる。

そんな花野へ、しろとましろは口々に言った。

「心配すんな」

「案ずるな」

「だって、咲は乱波《らっぱ》」

「おいらたちの水波《すっぱ》」

「私がなんだって？」

「おっかさんが言ってたもん」

「藪入りで言ってたもん」

「咲はおいらたちのために九之助を探ってるから、乱波みたいなものだって」

「乱波は水波ともいうんだぞ」

得意げな双子の顔を見て、咲はようやく乱波と水波が間者《かんじゃ》――隠密《おんみつ》――だと思い当たった。古臭い言葉だが、しろとましろの前髪を左右に束ねた振分髪《ふりわけがみ》や、花野の笄髷《こうがいまげ》にも何やら似たような昔様がある。

「そうですね。お咲さんがついていてくださるなら、私も安心です」

「おいらたちだってついてるぞ」

「咲にはおいらたちがついてるぞ」

胸を張った双子へ、咲は花野と共に微笑んだ。

「うん。二人とも頼りにしてるよ」

「私も。此度も二人がいたから助かりました」

花野は如月に一度奉公先の相模国《さがみのくに》へ戻ったが、時をおかずして「大事なお遣い」を任されて、半月前に再び江戸にやって来たという。

「此度のお遣いは少々厄介《やっかい》で、十日余りもかかってしまいましたが、しろとましろが手伝ってくれたから無事に済ませることができました」

「そりゃよかったね」

半月前というと、双子が「寄り合い」に出かけた頃だ。花野も寄り合いに来たのだろうと推察するも、問いかけは控えた。

「あんたたちも、お手伝いご苦労さん」

「花野は幼馴染みだからな」

「おいらたちの大事な幼馴染みだからな」

照れ臭そうに、二人は顔を見合わせて頷き合った。

「あの、私たちはこれから、五十嵐《いがらし》ってお菓子屋さんに草餅《くさもち》を買いに行くんですが、お咲さんも一緒にどうですか？　お遣いの心付をたっぷりいただきましたので、私が馳走《ちそう》いたします」

「嬉しいけど、今日はこれから修次さんと祝言に」

「祝言⁉」

「修次と祝言⁉」

咲を遮って、しろとましろが目を丸くする。

「咲が祝言！」

「修次と祝言！」

「こら、あんたたち！」

声を高くして咲は双子をたしなめた。

「黙って、おしまいまでお聞き。上野の胡桃屋の若旦那の祝言に、修次さんと一緒にお呼ばれしてんだよ。私たちが作った櫛と櫛入れが、妻問いで功を奏したってんでね」

「……なぁんだ」

「……なぁんだ」

しろとましろばかりか、花野まで揃って眉を八の字にするものだから、咲は噴き出しそうになる。

「なぁんだ、じゃないよ、まったく」

呆れ声でつぶやいてから、咲は事の次第をかいつまんで話した。

「胡桃屋なら、おいら知ってる」

「おいらも知ってる」

「不忍池の近くの」

「お稲荷さんが美味しいお店」

「そうそう。あんたたちが教えてくれたお店だよ。今日は祝言のために早仕舞いするそうだけど、今度また一緒にお稲荷さんを食べに行こうじゃないの」

「行く」

「お稲荷さん食べに行く」

目を細めた二人の横で、花野もにっこりとする。

「修次さんのことも、しろとましろから聞いています。名うての錺師で、お咲さんとお親しいお方だと……もしや、その簪も修次さんが？」

「ああ、そうだよ」

夏を迎えて、咲は早速修次が作った流水文様の簪を挿していた。

「とても見事な細工で、お咲さんにぴったりです」

「そりゃ、ありがとさん」

「咲は修次に財布をあげたんだ」

「青海波《せいがいは》の文様で、簪と取り替えっこしたんだよ」

花野と咲を見上げて、しろとましろは誇らしげに口を挟んだ。

「煙草入れを作ったこともある」

「修次が煙管《キセル》、咲が筒袋と煙草入れ」

「意匠は牡丹」

「ちょっぴり唐獅子《からじし》」

煙管と煙草入れは紅職人の牡丹の注文だった。双子に話した覚えはないが、修次から聞いたのか、はたまた「お見通し」の内なのか。

「それで此度は秋海棠の櫛と櫛入れを……この縁結びが評判になって、胡桃屋も、お咲さんと修次さんも、ますます名を知られるようになりそうですね」

「ははは、そうなりゃいいけどね」

「ふふふ、次のお仕事も楽しみですね」

「次の？」

「だって、お二人にはきっとまた注文がきますよ。おそらくそう遠くないうちに」

再びにっこりした花野と共に、しろとましろも「ふふっ」と微笑む。
五十嵐へ向かう三人とは十軒店《じっけんだな》の手前で別れた。
祝言は六ツからで、七ツ半には修次が長屋に迎えに来ることになっている。
再び通町を北へ歩きながら、咲は思い巡らせた。
次は、どんな注文がくるんだろう？
ううん。
今度は何か、私たちが好きな物を作って売り込みに行ってもいい……
花野の賛辞や「予言」を聞いた修次の喜ぶ顔が、今から目に浮かぶようである。
――楽しいな、お咲さん――
自分でも驚くほど浮き浮きしながら、咲は西陽《にしび》が射し始めた家路を急いだ。

本書は、ハルキ文庫（時代小説文庫）の書き下ろし作品です。

時代小説文庫

ち 2-17

相槌《あいづち》 神田職人《かんだしょくにん》えにし譚《たん》

著者 知野《ちの》みさき

2024年 2月18日第一刷発行

発行者 角川春樹

発行所 株式会社 角川春樹事務所
〒102-0074 東京都千代田区九段南2-1-30 イタリア文化会館

電話 03(3263)5247[編集] 03(3263)5881[営業]

印刷・製本 中央精版印刷株式会社

フォーマット・デザイン＆シンボルマーク 芦澤泰偉

ISBN978-4-7584-4620-4 C0193

http://www.kadokawaharuki.co.jp/[営業]
fanmail@kadokawaharuki.co.jp[編集] ご意見・ご感想をお寄せください。